Vinceremo

Paolo Botti, ist das Pseudonym von Sven Bottling. 1977 in Deutschland geboren und aufgewachsen, lebte er in seiner Jugend auch wenige Wochen im Schweizer Kanton Graubünden. Paolo Botti hat Familie in Deutschland, der Schweiz und in Amerika. Er ist verheiratet und hat eine Tochter. In den vergangenen Jahren hatte er bereits bei mehreren Buchprojekten mitgewirkt. „Vinceremo" ist sein erster eigenständiger Roman.

Luigi Schifferle hat sein Leben als Polizist gegen das am wunderschönen Gardasee eingetauscht. Sein Ziel, ein eigenes Restaurant. Friedhelm und Gudrun Muckel wollen dort einfach nur Urlaub machen.

Und dann ist da noch Oberkommissar Martin Schunk in Stuttgart und Commissario Stefano Botatzi in Riva del Garda die beide das gleiche Problem haben, die Organisation.

Paolo Botti

Vinceremo

Der ein bisschen von allem „Roman"

Bibliografische Information der Deutschen National-
bibliothek:

Die Deutsche Nationalbibliothek verzeichnet diese
Publikation in der Deutschen Nationalbibliografie;
detaillierte bibliografische Daten sind im Internet über
http://dnb.d-nb.de abrufbar.

1.Auflage

Umschlaggestaltung: Paolo Botti
Umschlagmotiv: SBPB

Herstellung und Verlag:
BoD – Books on Demand, Norderstedt

ISBN: 978-3-7534-9851-5

per Bruno

Das Leben ist eine aufregende und
spannende Erfahrung —

Der Tod eine Reise ins
Ungewisse!

-unbekannt-

1

Ein Schuss im Dunkeln

Er machte nicht den Anschein, als sei er gestresst oder gar in Eile. Ganz im Gegenteil. Der blaue Ford Focus fuhr genau 50, in der 70er Zone. Hinter ihm hatte sich bereits eine lange Schlange gebildet. Einige hatten schon versucht zu überholen, wurden jedoch ständig ausgebremst durch den Gegenverkehr und drängten sich wieder in die Reihe. Andere wiederrum hupten und machten von der Lichthupe gebrauch, um ihrem Ärger über den zu langsamen Teilnehmer noch einmal zu unterstreichen. Dieser ließ sich aber immer noch nicht aus der Ruhe bringen und setzte seinen Weg im gleichen Tempo unbeirrt fort.

Familie Dardelen war erst seit wenigen Tagen am Gardasee. Ahmet und Emine hatten Istanbul verlassen und sich in Tignale am Gardasee ein kleines Häuschen gekauft. Im Erdgeschoss wollten sie in wenigen Wochen einen Imbiss eröffnen, wo sie türkische Spezialitäten und selbstgemachte Marmelade anbieten wollten.
Die Dardelens waren kinderlos. Es war auch unwahrscheinlich, dass hier noch etwas Kleines nachkommen würde. Ahmet war bereits 59 und auch

Emine hatte mit ihren 45 keine Lust mehr auf eine Schwangerschaft.

Beide waren glücklich mit dem was sie hatten.

In wenigen Tagen würde ihr Seefrachtcontainer in Venedig ankommen. Sie hatte lange überlegt, ob sie ihr Hab und Gut mit einem LKW oder über den Seeweg nach Italien schicken lassen sollten. Sie entschieden sich für die kostengünstigere, aber zeitaufwendigere Variante. Auch war der Transport sicherer als mit dem LKW. Immer wieder hörte man von Überfällen auf dieser Strecke.

Nun saßen Sie mit ihren zwei Koffern in ihrer kleinen Wohnung und starrten auf die karge weiße Wand.

Ahmet hatte mehr als 30 Jahre bei Ford in Istanbul gearbeitet. Seine Eltern waren Kurden.

Tagtäglich schleppte er sich in das Werk und kontrollierte tagein, tagaus all die unterbezahlten Kollegen, die es nicht so gut hatten wie er selbst. Ahmet war einer der wenigen die weit über der unterbezahlten Lohnmindestgrenze im Istanbuler Ford Werk nahe des Bosperus arbeitete. Er war eine Art Vorarbeiter und überwachte die Endmontage der Abgasanlagen.

Seine Frau Emine war, seit sie denken konnte einfache Hausfrau. Sie war wie so viele türkische Frauen bereits nach ihrer Geburt versprochen worden. Am Anfang war Ahmet nur ein Fremder älterer Mann. Ihre Eltern hatten Sie bereits vor ihrer Geburt für umgerechnet 1000 Euro an den Freund eines Cousins verkauft.

In der Hochzeitsnacht bekam sie zu spüren was es hieß gehörig zu sein. Unter Schmerzen wurde sie entjungfert. Zu diesem Zeitpunkt war sie gerade einmal 12 Jahre alt. Aber sie ertrug die Schmerzen und mit der Zeit lernte sie Ahmet näher kennen und auch lieben.

Die Zwangsheirat war jetzt 33 Jahre her. In all den Jahren hatten sie sich mit der Situation weitestgehend arrangiert.

Emine hatte bis vor 5 Jahren immer wieder den Wunsch gehegt Kinder zu bekommen. Auch Ahmet hatte ihn. Immer und immer wieder hatten sie es versucht, doch es wollte nie klappen. Bei einem Routinecheck vor 5 Jahren hatte Ahmet dann jedoch erfahren, dass er zeugungsunfähig war.

Der Ford Focus war mittlerweile alleine auf der schmalen Straße unterwegs. Alle Autos waren an ihm vorbeigezogen, nachdem er rechts rangefahren war, um sich die Beine zu vertreten.

Es war bereits dämmrig. In weniger als 20 Minuten würde es stockdunkel sein. Bis dahin wollte er am Ziel sein. Sein altes TomTom zeigte noch 13 Minuten an. Auf dem Beifahrersitz lag bereits das Heckler und Koch Sturmgewehr 7,62mm mit Zielvorrichtung und Nachtsichtvorrichtung. Im Kofferraum unter dem Reserverad waren noch weitere Waffen deponiert. Dort befand sich neben Unmengen an Munition noch eine SIG 9mm, sowie mehrere Splitterhandgranaten.

Für ihn war es ein Auftrag, wie bereits viele zuvor. Er kannte weder seine Auftraggeber noch die Opfer. In seiner Branche war er einer der Besten, vielleicht sogar der Beste. Seine Quote lag bei annähernd 99% und noch nie hatte er wissentlich sein Ziel und seinen Auftrag verfehlt. Er arbeitete stets alleine. Familie und Freunde hatte er keine. Er war ein einsamer Wolf in einer weiten Prärie.

Nach 20 Minuten hatte er sein Ziel erreicht. Es war mittlerweile stockdunkel und keine Menschenseele war auf der Straße zu sehen. Einzig die kargen Straßenleuchten, sowie vereinzelte beleuchtete Fenster erhellten die Straße.

Er holte eine Schachtel aus dem Seitenfach seiner Türe und stellte sie neben das Sturmgewehr. Die Schulterstütze war noch abgeklappt, konnte aber spielend leicht in Position gebracht werden. Er öffnete die Schachtel. Das karge Licht spiegelte sich augenblicklich auf dem messingfarbenen Gegenstand, der zum Vorschein kam. Die Stahlmantelgeschosse sahen bei näherer Betrachtung monströs aus. Viele seiner Zunft nahmen mittlerweile weitaus kleinere, um ihr Ziel zu eliminieren. Er nicht! Seit er diesen Job ausübte nutzte er diese Art von Munition. Sie hatten eine präzise Reichweite von 400 Metern. Er hatte aber auch schon des Öfteren Aufträge aus 2 Kilometern Entfernung mit diesen Geschossen erledigt.

Bei einem Aufprall, beispielsweise einem Kopf oder Oberkörper traten sie mit recht kleinem Eintrittskrater ein, verformten sich aber durch den Drall und den Aufprall dermaßen, dass sie an der Austrittsstelle ein Vielfaches an Größe gewannen. War mal ein Hindernis im Weg, bevor das Geschoss sein Ziel erreichte, brauchte man sich über den Austritt keine Gedanken mehr machen.

Er nahm einige Patronen aus der Schachtel und fing an das Magazin seines Sturmgewehres zu befüllen. Dabei schaute er sich immer wieder um und beobachtete das Haus auf der gegenüberliegenden Straßenseite. Im ersten Stock brannte Licht. Er legte das Magazin zum Gewehr und blickte wieder hinaus in die Dunkelheit.

Ahmet hatte aus zwei Holzkisten und einem Brett einen provisorischen Tisch gebaut. Zwei Wäschesäcke dienten als Hocker. Bereits bei der Ankunft hatte er im nahen Supermarkt zwei Luftmatratzen erstanden, die in der Ecke lagen und als vorläufiges Schlafgemach diente.

Emine stand in der Küche und war gerade dabei, das Abendessen zuzubereiten. Die Küche war neben dem Bad die einzige vorhandene Möblierung in ihrer Wohnung. Sie versuchte aus Lamm, Kohl und Reis etwas zu zaubern, war sich aber nicht sicher, ob ihr das Gelingen würde.

Sie war keine typische türkische Ehefrau. Sicher, sie trug, seit sie denken konnte ein Kopftuch und auch zumeist die traditionelle Tracht. Ahmet hatte sie zu

Beginn dazu erzogen. Er achtete sehr auf die Tradition seines Landes. Jetzt in Italien noch mehr als zuvor. Auch er hatte immer einen typischen Fes an, einen Hut mit einer Bommel.

Emine hatte lange dunkle Haare. Sie waren glatt und gingen ihr bis über das Schulterblatt. Meistens waren sie zu einem Zopf zusammengefasst und waren nur schemenhaft unter dem Kopftuch auszumachen. Sie war schlank und selten konnte man unter ihrer Kleidung ihre weiblichen Rundungen erkennen. Ihr Gesicht war freundlich und ihre dunklen großen Augen strahlten immer Wärme und Freundlichkeit aus.

Ahmet war ebenfalls schlank, hatte aber bereits graue Haare. Sein Gesicht zierte ein dicker Schnauzer, sowie einen Drei-Tage-Bart. Er hatte dunkle, in den Augenhöhlen zurückgesetzte Augen, die trotz seines Alters noch immer jung und wachsam dreinblickten. Er hatte einen drahtigen Körper und große behaarte Hände. Beide waren etwa 165 Zentimeter groß.

Emine kam aus der Küche und ging an den provisorischen Tisch. Sie hatte Besteck sowie Geschirr in den Händen. Emine deckte ihn mit wenigen Handgriffen und verschwand wieder in der Küche. Ahmet stand währenddessen am Fenster und blickte hinaus. Noch nie hatte er ihr bei solchen Arbeiten geholfen. Das war die Aufgabe der Frau und nicht des Mannes.

Noch immer saß er in seinem Ford Focus und schaute hinaus in die Dunkelheit. Er achtete in einer solchen Situation, kurz vor Erledigung eines Auftrages, auf jede Kleinigkeit, die um ihn rum geschah. Noch nie war ihm eine Unachtsamkeit vorgekommen. Er war durch und durch Profi. Er schaute zur gegenüberliegenden Seite und blickte auf die beleuchteten Fenster. Ohne den Blick abzuwenden, nahm er sein Gewehr und das Magazin. Er steckte es in den dafür vorgesehenen Schacht und lud es durch. Die oberste Patrone glitt in den Schlitten. Aus der Türablage nahm er einen Schalldämpfer und schraubte ihn auf den Lauf des Gewehres. Sein Blick war immer noch auf das gegenüberliegende Haus gerichtet.

Emine trat hinter Ahmet und blickte ebenfalls hinaus in die Dunkelheit. Sie berührte ihn an der Schulter. Er blieb regungslos stehen. Beide redeten seit Jahren nicht mehr viel miteinander. Ihr Tagesablauf war eh immer der gleiche und Ahmet hatte das Sagen und die Entscheidungsgewalt.

Das Fenster des Ford Focus fuhr lautlos nach unten. Der Lauf des Gewehres schob sich hindurch und zielte auf das beleuchtete Fenster im ersten Stock.
Der Schuss löste sich fast lautlos. Der Focus fing einen Großteil des Geschoßlärmes ab. Die Hülse landete auf der Rücksitzbank des Autos.

Ahmet und Emine blickten noch immer nach draußen in die Dunkelheit. Ihre Augen waren Star und ohne Leben. Blut lief aus dem Mundwinkel von Ahmet. Emine sackte bereits in sich zusammen und kippte nach hinten weg. Ahmet tat es ihr gleich und sackte ebenfalls zusammen. Beide lagen mit weit geöffneten Augen auf dem Boden. Jedweiliges Leben war aus ihren Körpern gewichen.

Von der Straße hörte man den Motor eines Autos starten. Wenige Sekunden später war es still in Tignale.

2

Luigi Schifferle

Luigi Schifferle wachte aus seinem unruhigen Schlaf auf. Er war schweißgebadet und brauchte einige Sekunden, bis er merkte, dass er nicht mehr im Hunsrück war, sondern im fernen Italien. Er blickte sich um. Es war dunkel und mucksmäuschenstill. Ihm war als hätte er einen Schuss gehört. Er drehte sich zur Seite und schlief kurz darauf wieder ein.

Der Ford Focus befand sich bereits wieder auf der Autostrada 4 in Richtung Venedig. Das Gewehr war wieder im Kofferraum unter dem Ersatzreifen verschwunden und auch die Hülse war bereits entsorgt. Diese befand sich bereits auf den Tiefen des Gardasees. Er hatte sie gleich nach dem Auftrag als erstes entsorgt, ohne dass jemand etwas davon mitbekommen hatte.

Er empfand nichts nach dem Auftrag. Er kannte weder die Opfer noch den Auftraggeber. Daher verspürte er auch keine Gefühle. Noch nie. Es war eines der ersten Dinge, die er lernte, als er zu dem wurde was er nun mal war, ein Killer.

Sein Ziel war Cessenatico, ein kleiner Ort an der Adriaküste, der sowohl Touristik als auch das ursprüngliche italienische Leben beherbergte.

Ohne weitere Zwischenfälle setzte er seinen Weg dorthin fort.

Die Sonne ging bereits wieder auf und ließ die umliegende Landschaft in wunderschönen Farben erstrahlen.

Luigi wachte bereits mit den ersten Sonnenstahlen auf. Seitdem er in der Nacht aus dem Schlaf gerissen wurde, hatte er sich immer wieder hin und her gewälzt und keinen festen Schlaf mehr gefunden.

Dementsprechend saß er nun an seinem Küchentisch und blickte hinaus in die aufgehende Sonne. Vor ihm dampfte sein schwarzer Kaffee, den er wie jeden Morgen, frisch auf dem Herd zubereitete. Luigi war wieder Single. Bis vor zwei Jahren war er noch verheiratet und lebte in Simmern im Hunsrück. Seine Ex hatte dort einen Friseursalon gehabt und alles lief bestens, bis zu jenem Tag als er sie von der Arbeit abholen wollte und sie inflagranti mit Uschi erwischte. Beide waren im Aufenthaltsraum und Uschi verwöhnte seine Beate gerade oral auf dem Tisch. Er stand damals wie angewurzelt da und wusste nicht was er sagen sollte. Stattdessen verließ er den Salon ohne das die beiden Frauen etwas merkten, ging nach Hause, packte seine sieben Sachen und zog in eine Pension in der kleinen Kreisstadt. Zwei Tage später machte er Schluss mit Beate und reichte die Scheidung ein. Vor drei Wochen endlich hatte das Gericht die Ehe rechtskräftig geschieden. Da sie

kinderlos war und Beate einen gutgehenden Salon besaß musste Luigi keine Alimente an sie zahlen.

Dennoch hatte sie in den vergangenen Monaten
mehrmals versucht, auch dank ihres schmierigen
Anwaltes, Luigi wie eine Zitrone auszupressen. Der
Richter jedoch war einsichtig und hatte dem letzten
Endes einen Riegel vorgeschoben und die Ehe ge-
schieden.

Luigi war 44 Jahre alt. Er hatte eine italienische
Mutter und einen deutschen Vater. Seine Eltern
lernten sich nach dem Kriege kennen, als tausende
von Gastarbeitern in das Land strömten und dazu
beitrugen, dass die Wirtschaft Deutschlands wieder
erblühte. Seine Mutter war ursprünglich aus Neapel
und war Anfang der sechziger mit der ganzen Familie
über Österreich ins Land gekommen. Sein Vater kam
ursprünglich aus dem Schwabenländle aus der Nähe
von Stuttgart. Beide lernten sich rein zufällig kennen
und lieben.

Das war aber wie gesagt schon eine halbe Ewigkeit
her. Mittlerweile ging er stark auf die 50 zu. Er hatte
noch drei weitere Geschwister. Einen älteren Bruder,
52 Jahre alt, der leider genau das Gegenteil der
Karriereleiter ins Auge fasste und als Krimineller
Jahrelang erfolgreich war. Nun saß er schon seit
knapp 10 Jahren im Gefängnis. Schwerer Raub mit
Todesfolge. Wenn alles gut laufen würde, würde er da
auch nicht so schnell wieder rauskommen.

Der Richter hatte ihm damals lebenslänglich aufgebrummt mit der Aussicht, dass lebenslänglich wortwörtlich zu nehmen sei. Seine beiden anderen Schwestern waren jünger als er. Die eine war verheiratet und hatte bereits 6! Kinder. Sie lebte im Ruhrpott. Nächstes Jahr würde sie ihren 40. Geburtstag feiern. Er hatte sich jetzt bereits vorgenommen, sich dann etwas anderes vorzunehmen. Die andere war das Küken der Familie. Sie war erst 29 und arbeitete als Pilotin bei einer Airline. Sie war nicht verheiratet, hatte aber ständig einen neuen Freund. Sex war für sie neben Fliegen ihre zweite Leidenschaft. Sie sagte selbst von sich sie hätte das Kamasutra bereits dreimal komplett durchgemacht. Natürlich immer mit wechselnden Partnern.

Gedankenverloren saß Luigi noch immer an seinem Küchentisch. Der Kaffee dampfte mittlerweile nicht mehr. Er dachte noch immer an seine Familie, ans Kamasutra seiner kleinen Schwester, als es an der Tür klingelte. Er stand auf und ging zur Tür.

3

Commissario Stefano Botatzi

Luigi saß wieder in seiner Küche. Mit ihm zwei Polizisten in Uniform, sowie ein Commissario in einem dunkelgrauen Anzug. Alle starrten sich stumm an. Soeben hatte Luigi erfahren, dass in seiner Nachbarschaft vor wenigen Stunden zwei Menschen gestorben waren, getötet durch Schüsse großen Kalibers. Der Commissario nippte an seinem Kaffee den Luigi ihm eingegossen hatte. Die beiden mitgekommenen uniformierten Polizisten standen in der Ecke und warteten auf weitere Instruktionen. Beide verzichteten auf einen angebotenen Kaffee und starrten teilnahmslos in den Raum.

Commissario Stefano Botatzi war ein hagerer Mann Mitte vierzig. Er hatte graumeliertes Haar, welches seit geraumer Zeit dabei war, lichter und weniger zu werden. Stefano ging leidenschaftlich gerne Angeln, wenn es die Zeit zuließ oder fuhr mit seinem kleinen Segelboot über den Gardasee. Trotz seiner hageren Statur war er durchtrainiert.

Zweimal die Woche besuchte er ein Fitnessstudio in unmittelbarer Nähe seiner Dienststelle. Er war verheiratet und hatte zwei Kinder, welche jedoch bereits langsam flügge wurden. Seine Frau Anna war Ende dreißig und Professorin an der Universität in Verona.

Sie hatte lange braune Haare, die durch Ihre dunklen Augen noch mehr zur Geltung kamen. Meistens trug sie enge Kostüme mit weitem Ausschnitt, was ihre Körbchengröße B, deutlich größer erscheinen ließ. Ihr Po war prall und ihre samtweiche Haut hatte eine schöne Bräune. Dazu war sie stets sehr schlicht geschminkt. Beide sahen sich recht selten und so war es ein offenes Geheimnis, dass beide sich ab und an anderweitig vergnügten.

Während seine Frau regelmäßig Sex mit einem Kommilitonen hatte und auch mal von einem Callboy nicht abgeneigt war, hatte Stefano ein Verhältnis mit der fünf Jahre älteren Francesca aus seiner Straße. Sie war seit 3 Jahren Witwe und er seit zwei Jahren ihre Affäre.

Anna konnte immer und überall. Egal ob auf der Unitoilette oder im Lehrsaal. War beides nicht möglich, schleppte sie ihre Beute kurzerhand ins nächste Hotel. Stefano war da anders. Beide trafen sich meist bei ihr. Sie wartete dann nur in Reizwäsche auf ihn. Francesca stand auf Rollenspiele und mochte es wenn Stefano sie hart von hinten auf dem Küchentisch nahm. Sie sah trotz ihrer fast 50 Jahre, deutlich jünger aus. Francesca hatte kleinere feste Brüste und einen runden Po. Ihre Haut war, wie die seiner Frau samtig weich und fast faltenfrei. Wann immer es ging trafen sie sich.

„Commissario…?"

„Commissario Botatzi…?"

Gedankenverloren und mit leerem Blick starrte Stefano in seine Tasse. Einer der uniformierten Polizisten stand dicht vor ihm und hatte ihn an der Schulter berührt. Beide starrten sich an.

„Was gibt es Sergente…?"

„Die Spurensicherung hat gemeint wir sollten mal nach unten kommen. Sie haben wohl etwas gefunden.", fuhr der Sergente fort.

Der Commissario erhob sich, stellte die Tasse auf die Anrichte und machte Anstalten die Wohnung zu verlassen. Seine beiden Polizisten waren bereits aus der Tür und auf den Weg zur Spurensicherung. Stefano drehte sich noch einmal um.

„Sie halten sich bitte zu unserer Verfügung, Signore…!"

„…Schifferle, Luigi Schifferle!", antwortete Luigi.

„Ja, stimmt Signore Schifferle. Bitte entschuldigen Sie. Mein Namensgedächtnis."

Er tippte sich an die Schläfe und verließ ohne ein weiteres Wort ebenfalls die Wohnung. Luigi blieb wortlos und kopfschüttelnd zurück. So hatte er sich seine Auswanderung nicht vorgestellt. Tote in der Nachbarschaft und dann auch noch auf nicht natürliche Weise.

4

Tatort Dardelen, Tignale

Botatzi stand vor einer unscheinbaren kleinen Nummer mit der Aufschrift 9. Sie stand mitten auf der Straße. Verkehr gab es momentan nicht. Die Policia hatte die komplette Straße in beide Richtungen abgesperrt. Das würde auch bis zum Ende der kriminaltechnischen Arbeiten so bleiben. Wie lange es noch andauern würde, konnte nur der liebe Gott oder Professore Dr. Andrea Scalia sagen. Sie war die leitende Pathologin und unterstützte die hiesige Polizei, bei solchen Aufgaben, die hier weiß Gott nicht allzu oft vorkam. Eigentlich war es das erste Mal.

Deshalb wollte Scalia es auch persönlich in die Hand nehmen. Für das normale Geschäft hatte sie ja ihr Personal.

Botatzi stand noch immer auf der Straße vor dem kleinen weißen Schild und blickte gedankenverloren umher. Das machte er öfters, wenn er über etwas nachdachte. Sehr zum Verdruss seiner Mitmenschen, die meist darunter litten.

„Botatzi…? Botatzi…? Commissario…?"

Der Sergente stieß Botatzi in die Rippen. Dieser fuhr erschrocken zusammen und blickte den Sergente mit einem strafenden Blick an. Er wollte noch was sagen, sah aber das Kopfnicken und blickte ein wenig nach links. Dort stand die Pathologin und verdrehte bereits die Augen.

„Seniorina Scalia…!"

„Seniorina Professore Dottoressa Scalia bitte. "

Der Commissario blickte irritiert und der Sergente schmunzelte. Das Verhältnis der beiden Beamten war nicht das Beste. In den wenigen dienstlichen Belangen, die sie verband, waren sie meist schnell aneinander geraten. Das mochte sicherlich an der Art wie die Pathologin arbeitete liegen. Sie war überaus genau in allen Belangen und trieb es meist mit den Erläuterungen auf die Spitze. Zumal es in der Vergangenheit keine Mordfälle waren, sondern meist Haushaltsunfälle oder tödliche Badeunfälle von Touristen. Ganz egal, die Scalia machte generell aus einer Mücke einen Elefanten.

„Meinetwegen auch das!", erwiderte er jetzt leicht süffisant.

Alle drei standen nun um die kleine Nummer am Boden und schauten sich nacheinander fragend an.

„Was gibt es denn so wichtiges, dass wir um diese kleine Nummer herumstehen?", wollte Botatzi wissen.

„Wir haben dieses Kunststoffteil hier gefunden und gehen davon aus, dass sie zur Tatwaffe gehört, welche das türkische Ehepaar hingerichtet hatte!", sagte sie und zeigte auf ein kleines schwarzes Kunststoffteil was für einen Außenstehenden nicht zuordbar war.

Das kleine Etwas könnte Teil einer Waffe sein. Genaueres würde aber sicherlich die Untersuchungen ergeben.

Der Commissario bückte sich und beäugte das Kunststoffteil.

„Wo ist denn das türkische Ehepaar? Haben Sie es bereits wegbringen lassen?"

Botatzi schaute Scalia fragend an.

„Nein, sie liegen beide noch drin in der Wohnung! Warum fragen Sie? Waren Sie noch nicht in der Wohnung?"

Botatzi schaute sie verwundert an. Er verstand die Frage nicht recht, wollte aber nichts weiter dazu sagen. Stattdessen drehte er sich zu seinem Sergente.

„Wer hat die beiden in der Wohnung gefunden. Doch nicht etwa dieser... dieser... Schifferle?"

„Nein, die Nachbarin, eine ältere Dame, die im Nebenhaus wohnte. Sie wunderte sich, weil die Scheibe kaputt war und klingelte. Als ihr niemand aufmachte rief sie ihren Mann herbei, der mit einer Leiter versuchte durch das kaputte Fenster zu blicken. Dabei hatte er die beiden entdeckt und die Polizei verständigt."

Botatzi und der Sergente entfernten sich von dem Schild und dem Kunststoffteil und gingen Richtung Haus. Die Pathologin ließen sie dabei einfach stehen. Dr. Scalia lief rot an, stampfte auf den Boden und lief aufgebracht zu ihrem Assistenten, der unweit des Geschehens alles lächelnd mitverfolgt hatte.

Am Eingang wurden sie beiden bereits von zwei weiteren Polizisten erwartet. Ohne ein Wort geleiteten sie den Commissario und seinen Sergente in die Wohnung zum Tatort. Der Notarzt war gerade dabei seinen Koffer wieder zu schließen. In einer Ecke des Raumes standen bereits die Bestatter mit dem kalten metallischen Behälter. Sie warteten bereits eine ganze Weile auf ihren Einsatz. Ein Mann trat neben die beiden und fing sogleich an leise zu reden.

„Sie wurden regelrecht hingerichtet. Mit nur einem Schuss! Nach momentaner Kenntnis standen die beiden wohl hintereinander am Fenster als es geschah. Ein glatter Durchschuss durch beide Personen. Wobei es den Mann noch ziemlich harmlos getroffen hat. Glatter Schuss durch das Herz. Er war direkt tot. Seine Frau kam nicht ganz so gut weg. Das Brustbein wurde durch den Drall der Patrone regelrecht zerfetzt. Lunge und Herz dadurch herausgerissen durch das Austrittsloch am Rücken herausgeschleudert!"

Er deutete mit dem Kopf auf zwei Tücher am Boden. Ein großes und ein kleines.

„Die Frau war aber klein, Dottoressa!", sagte Botatzi nach einem kurzen Blick auf den Boden.

„Die Frau lag samt Mann unter dem großen Tuch. Das kleine ist Ihre Lunge, das Herz und was sonst noch so von ihr herausgeschleudert wurde. Durch das Loch an ihrem Rücken, können sie einen Fußball hindurchstecken."

Der Sergente blickte nun ebenfalls zum Boden. Erst auf das eine, dann auf das andere Tuch. Er wurde kreidebleich und musste würgen.

„Gehen sie nach draußen an die frische Luft, Sergente. Ich mache den Rest hier."

Ohne eines weiteren Blickes stürmte der Sergente nach draußen. Die Bestatter in der Ecke grinsten sich an und warteten weiter auf ein Zeichen.

„Möchten sie mal einen Blick unter die Tücher werfen?"

„Ich denke ich kann warten bis sie in der Pathologie liegen!", erwiderte Botatzi.

Er schaute sich um und suchte nach den beiden Polizisten. Botatzi winkte sie zu sich.

„Haben Sie alles aufgenommen und dokumentiert, Sergente Alicio? Oder brauchen Sie noch?"

„Nein Commissario, wir sind fertig."

Botatzi nickte und winkte die Bestatter heran. Dann drehte auch er sich um und ging nach draußen.

Sergente Di Gallo stand noch immer kreidebleich vor dem Haus. Botatzi gesellte sich zu ihm.

„Geht es wieder Sergente?"

„Ja Commissario. Bitte entschuldigen Sie, aber…!"

„Ist schon gut Di Gallo. Sowas sieht man hier bei uns ja nicht alle Tage."

Er legte dem Sergente die Hand auf die Schulter und nickte ihm zu. Dieser versuchte ein lächeln, was ihm jedoch gründlich misslang.

Di Gallo war etwa 10 Jahre älter als Botatzi und schon ein alter Hase. Er war seit mehr als 20 Jahren am Gardasee und hatte schon so einiges erlebt. Sowas wie dies hier jedoch noch nicht. Di Gallo war bereits seit mehr als 25 Jahren verheiratet. Er und seine Frau hatten 3 erwachsene Kinder und vor 2 Jahren nochmals Nachwuchs bekommen. Di Gallos Frau war Anfang vierzig als sie unerwartet schwanger wurde.

Dies katapultierte beide nochmal 25 Jahre zurück an ihre Anfänge. Der Nachzügler war zwar nicht gewollt, wurde aber mit der gleichen Liebe aufgezogen, wie bereits die 3 großen Kinder der Di Gallos.

„Lassen Sie uns noch das Ehepaar befragen, welches die beiden gefunden hat. Und lassen Sie die weitere Nachbarschaft befragen. Vielleicht hat ja irgendjemand etwas Verdächtiges in der letzten Nacht bemerkt."

Der Sergente atmete tief durch und ging zu einer Gruppe Polizisten. Kurz darauf strömten diese aus. Di Gallo eilte zu Botatzi, der bereits am Nachbarhaus stand und klingelte. Als der Sergente an der Tür ankam hatte eine ältere Dame schon die Türe geöffnet. Beide traten ein und wurden in die Wohnstube geleitet. Dort saß ein älterer Herr mit grauen Haaren und Halbglatze, sowie einem Bart. Die Frau setzte sich ebenfalls. Sie war auch älteren Semesters und hatte am Haaransatz graue Haare, die sich langsam breit machten. Jedoch schien sie diese regelmäßig zu färben. Beide waren einfach gekleidet. Die Wohnung war mit älteren Möbeln aus den 80er eingerichtet. Die Wände hatten schon lange keinen neuen Anstrich oder eine neue Tapete gesehen. Trotzdem sah sie nicht verlebt oder heruntergekommen aus.

Botatzi und Di Gallo standen noch immer. Es war still, sehr still. Die Frau blickte auf und sah beide an. In ihren Augen lag Fassungslosigkeit. Sie hatte rote Augen und musste geweint haben. Ihr Mann saß einfach nur da. Er hatte ein Glas Rotwein vor sich stehen. Seine linke Hand zitterte als er versuchte das Glas aufzunehmen und er musste die rechte Hand zur Hilfe nehmen.

„Seniorina…? "

„Colina, Francesca Colina. Das ist mein Mann Luca. "

„Seniorina Colina. Wir hätten noch ein paar Fragen, wegen des Vorfalls heute Morgen."

Luca Colina blickte auf und schaute den Commissario an. Auch er hatte einen entsetzten und fassungslosen Blick. Im Gegensatz zu seiner Frau jedoch hatte er nicht geweint. Botatzi sah, dass seine Hand immer noch leicht zitterte. Colina bemerkte es.

„Ich habe ein Nervenleiden. Es wird seit Jahren immer schlimmer. Normalerweise nehme ich Tabletten dagegen. Doch heute Morgen…!"

Er stockte und musste schlucken. Er nahm sein Weinglas und kippte es mit einem Schluck hinunter.

Der Sergente hatte zwischenzeitlich seinen Notizblock herausgeholt und war bereits eifrig am Schreiben. Colina fuhr fort.

„Wir hatten gerade gefrühstückt heute Morgen. Sie müssen wissen, dass die Wohnung wo das türkische Ehepaar lebte uns gehört. Sie waren erst vor wenigen Wochen eingezogen. Er wollte im Erdgeschoss einen Laden eröffnen. Beide konnten Sie nicht gut italienisch. Eigentlich so gut wie gar nicht. Man verständigte sich halt mit Gesten."

Der Commissario hörte aufmerksam zu. Dabei blickte er abwechselnd das Ehepaar an. Seniorina Colina saß am Tisch und hielt ihre Tasse fest. Sie hatte noch kein Wort gesprochen. Nun blickte sie auf und sah ihn an.

„Sie waren nette Leute. Auch wenn kaum einer sie verstand. Sie waren dankbar das sie hier sein durften, dass sie die Chance bekamen ein neues Leben zu beginnen!", sagte sie mit leiser brüchiger Stimme.

„Sie waren in der Nachbarschaft willkommen und alle halfen ihnen. Niemand hier war ihnen schlecht gesonnen.", fuhr ihr Mann fort.

Der Sergente notierte alles ohne von seinem Notizblock aufzublicken.

„Haben Sie etwas bemerkt? Gestern Abend, heute Nacht, heute Morgen?", fragte Botatzi.

Beide schüttelten den Kopf.

„Nein. Das hier ist eine ruhige Gegend. Kaum Verkehr am Abend und in der Nacht. Wir gehen immer früh zu Bett. Auch gestern. Leider haben wir nichts Außergewöhnliches bemerkt, Commissario!", sagte Colina.

„Danke schön. Ich denke das war es dann auch erst einmal. Wir werden sicher nochmals wiederkommen. Aber fürs erste war es das.", sagte Botatzi.

„Wir werden helfen, wo wir können."

Botatzi und Di Gallo verließen die Wohnung, ohne dass einer der beiden sie zur Tür begleitete. Als er sich umblickte, sah er Seniorina Colina am Fenster stehen. Sie starrte hinaus, ohne ihn direkt anzuschauen.

5

Auftrag erledigt, ein neuer wartet bereits

Die Scheiben des Ford Focus waren beschlagen. Das Fahrzeug stand unweit der Autostrada in einem dunklen Waldweg. Das Gewehr war wieder verstaut und nichts deutete augenscheinlich darauf hin, dass aus diesem Fahrzeug vor wenigen Stunden eine Familie hingerichtet wurde. Zum jetzigen Zeitpunkt ging er sowieso davon aus das man ihn nicht gesehen hatte. Er hatte die ganze Nacht leise das Radio laufen lassen. Nichts wurde bis jetzt vermeldet. Vermutlich hatte man noch nicht bemerkt, dass sie tot waren.

Er richtete seinen Sitz wieder in eine aufrechte Position und öffnete langsam die Tür. Frische Luft strömte herein. Sie war angenehm kühl und frisch und ließ ihn ein wenig frösteln. Er stieg aus und streckte sich. Nichts und niemand war zu sehen.

In einiger Entfernung waren die Autos der Autostrada zu vernehmen. Er ging zum Kofferraum und öffnete ihn. Noch einmal wollte er sich vergewissern, dass alles wieder sicher verstaut war.

Im Radio kamen die stündlichen Nachrichten. Er lauschte. Hatte man gerade etwas über seinen Auftrag, die Ermordung der beiden Zielpersonen gesagt? Er eilte nach vorne und setzte sich.

„...die Policia tappt noch im Dunkeln. Juventus Turin gewann...“

Er schaltete ab und verharrte einen Augenblick. Dann kramte er sein Handy hervor und schaute drauf. Kein Anruf, noch 50% Akku und zwei Balken Empfang. Er öffnete das Menü und drückte den Internet Icon. Sofort öffnete sich die Seite der *„La Repubblica“*, einer der größten Zeitungen des Landes. Im oberen Teil der Seite lief eine Eilmeldung durch: „Ehepaar brutal hingerichtet – War es die Mafia!“

Er schmunzelte. Wieder einmal schien er alles richtig gemacht zu haben. Und doch wunderte er sich, dass man die beiden so schnell hatte finden können. Er suchte nach weiteren Schlagzeilen, konnte aber im Netz momentan nichts anderen finden.

Er stieg nochmals aus und ging an den nahegelegenen Busch. Die Flasche San Pellegrino die er heute Nacht noch leerte, wollte unbedingt nach draußen. Als das erledigt war setzte er sich zurück ins Auto, startete den Motor und verließ den dunklen Waldweg in Richtung Autostrada. Er brauchte nun dringend eine Tasse Kaffee und etwas zu essen. Diese Jobs waren immer aufs Neue anstrengend. Trotz der mittlerweile vielen Jahren, die er ihn schon ausübte, spürte er noch immer das Kribbeln. Und wie bei jedem anderen Auftrag, fuhr er auch diesmal wieder zu einer Raststelle auf der Autostrada um sich einen Kaffee zu holen. Wie seit vielen Jahren, so auch dieses Mal wieder der gleiche Ablauf.

Am Abend hatte er einen Termin in Stuttgart. Bis dahin verblieb nicht mehr viel Zeit. Die Straßen würden sicher im Laufe des Tages recht voll werden und schließlich waren es ein paar Kilometer bis dorthin. Da er den Weg über Österreich bevorzugte, rechnete er jetzt schon mit dem schlimmsten. Die Strecke über die Schweiz ging zwar schneller, aber hier wurde ihm zu viel kontrolliert. Diesen Umstand wollte er sich ersparen.

6

Senior Caputo und der Wasserschaden

Luigi stand am Fenster seiner kleinen Wohnung und blickte hinaus. Er blickte auf die Straße, auf die Polizisten und die vielen Polizeiwagen, die in der engen Straße standen.

Der Leichenwagen war vor wenigen Augenblicken abgefahren. Mit ihm der Notarzt. Die Ambulanz hingegen war noch geblieben, um etwaige Anwohner ärztlich zu betreuen. In diesem Augenblick fuhr ein kleiner gelber Mini vor. Er hielt direkt bei den Polizeiwagen. Eine junge Frau im dunklen Kostüm stieg aus. Sie holte ihren Koffer aus dem Font und ging auf den Commissario zu, der vor wenigen Minuten noch in seiner Küche saß. Luigi beobachtete alles sehr genau.

„Das muss eine Psychologin sein. Der Koffer, die Klamotten, das ganze Erscheinungsbild!", redete Luigi mit sich selbst.

Er ging zurück zum Küchentisch, auf dem seine Kaffeetasse stand. Er füllte sie mit frischem Kaffee und ging zurück zum Fenster. Die junge Frau war verschwunden. Der Commissario hingegen stand immer noch da. Er blickte zu ihm hinauf. Luigi nickte ihm fast unmerklich zu und der Commissario wendete sich ab und überquerte die Straße.

20 Minuten später war nur noch der Mini zu sehen. All die Polizeiwagen, Beamten und Schaulustigen aus der Nachbarschaft waren verschwunden. Keine Menschenseele war mehr zu sehen. Luigi verließ seinen Platz am Fenster und ging ins Badezimmer.

Gedankenverloren machte er seine Dusche an und zog sich aus. Er stieg hinein und schrie auf. Das Wasser war eiskalt. Sofort versuchte er die Temperatur zu regulieren, was ihm jedoch nicht gelang. Stattdessen hatte er das Ventil des Kaltwasserhahnes in der Hand. Jetzt kam das Wasser nicht nur von oben sondern auch direkt aus der Wand.

Luigi fluchte in einer unverständlichen Mischung aus Schwäbisch, Hunsrücker Dialekt und Italienisch. Er stieg hastig wieder aus der Dusche, verlor den halt und rutschte ungebremst gegen die Türe. Mit einem lauten Knall prallte er ab und fiel rücklings auf den Boden. Sein fluchen wurde immer lauter und er versuchte sich wieder aufzurichten. Der Boden war mittlerweile glitschig und er hatte Mühe aufzukommen.

Als ihm dies gelang stürmte er nach draußen und versuchte das Wasser im Flur abzustellen. Nach einer halben Ewigkeit und zwei gequetschten Fingern später war ihm das endlich gelungen. Er ging zurück ins Badezimmer. Dort verlor er nochmals das Gleichgewicht auf dem nassen und rutschigen Boden und knallte nun ungebremst in die Dusche. Wutentbrannt stieg er auf, riss einen Stapel Handtücher aus der

Kommode und legte damit den Badezimmerboden aus.

Das Duschen konnte er komplett vergessen. Er begnügte sich stattdessen mit Zähneputzen. Als er spülen wollte stellte er fest, dass er ja das Wasser wenige Augenblicke zuvor abgestellt hatte. Wieder fluchte er vor sich hin. Den Rest mussten nun Deo und Eau de Toilette erledigen. Er nahm sein Handy und wählte die Nummer seines Vermieters. Dieser wohnte zum Glück im gleichen Haus. Er war nach den Erlebnissen der letzten Minuten schlichtweg zu faul die eine Etage zu bewältigen und persönlich vorzusprechen. Nach dem dritten Klingeln ging er ran.

„Guten Tag Senior Caputo. Ich bin's Luigi, Luigi Schifferle… Ja… Ja, genau der!"

Luigi verdrehte die Augen. Sein Vermieter wusste gerade nicht wer er war. Nicht das ihm das zum ersten Mal passierte. Senior Massimo Caputo war ein älterer Herr, der die 70 bereits deutlich überschritten hatte. Er hatte graue Haare, überall. Luigi wusste gar nicht an welchen Stellen des Körpers überall Haare wuchsen. Seitdem er hier wohnte wusste er es. Der alte Herr war weiß Gott nicht senil. Trotz seines doch hohen Alters war er noch topfit und erledigte alle arbeiten am Haus noch eigenständig. Er schaffte die Stufen schneller als mancher Jugendlicher. Senior Caputo hatte eine drahtige Figur und lief meistens im weißen Unterhemd, kurzer Hose und Sandalen rum. Er war alleinstehend seit seine Frau vor vielen Jahren gestorben war (das erzählte er fast jedes Mal wenn sie miteinander sprachen). Seitdem vergnügte er sich mit Pornos aus der nahen Videothek oder auch schon mal mit einer Dame vom Escort Service. Er genoss die letzten Jahre noch einmal in vollen Zügen und lies nichts aus.

„Senior Caputo, ich habe ein Problem mit der Wasserleitung. Ja… Ja ich weiß das mit ihrer Frau… aber… aber ich habe kein Wasser mehr… Was sagen Sie…? Ok… ich bin hier und warte… Ja Senior Caputo… Bis gleich!"

Luigi legte auf und schnaufte erst einmal hörbar aus. Das Telefonat war erst der Anfang. Das wusste er. Der bevorstehende Besuch würde noch um einiges anstrengender werden. Leider hatte er nicht mehr die Zeit sich darauf vorzubereiten. Es klingelte bereits.

Luigi öffnete die Tür. Vor ihm stand Senior Caputo. Weißes Unterhemd, kurze Hose und Sandalen. In der Hand einen riesigen Werkzeugkoffer. Ohne große Worte stürmte er in die Wohnung, ging zunächst in die Küche und kam wieder in den Flur. Schifferle stand noch immer an der Tür.

„Das ist doch alles ok, Senior Schifferle. Kein Problem mit dem Wasser!"

„Im Bad! Es ist im Bad!"

Der Alte drehte sich um und stürmte ins nächste Zimmer.

„Nicht dieses Zimmer, das nächste!", rief Luigi hinterher.

„Das ist das Schlafzimmer!"

Senior Caputo stürmte auch aus diesem Zimmer und erreichte endlich den richtigen Raum.

Luigi verstand nicht alles was Senior Caputo von sich gab. Vielleicht war es auch gut so. Es waren zumindest einige Flüche und auch die unsauberen italienischen Schimpfwörter auf alles und jeden dabei. Auch sein Name fiel mehrmals. 30 Minuten später kam er wieder aus dem Badezimmer. Seine Laune war wieder wesentlich besser. Er nickte wohlwollend und verließ ohne weitere große Worte die Wohnung. Luigi ging ins Badezimmer und staunte nicht schlecht. Der Alte hatte ganze Arbeit geleistet. Alles war repariert und aufgeräumt hatte er auch gleich noch. Er drehte am Hahn und … nichts geschah!

Luigi wollte schon wieder anrufen, da fiel ihm ein, dass er den Haupthahn ja noch gar nicht wieder aufgedreht hatte. Er ging in den Flur und drehte ganz langsam am Hahn. Dann lauschte er … nichts! Luigi ging zurück ins Bad. Das Wasser lief und der Wasserhahn hielt. Senior Caputo hatte wirklich ganze Arbeit geleistet.

Eine viertel Stunde später war er fertig geduscht.

7

Peinlicher Zwischenfall in der Questura

Botatzi saß wieder in seinem kleinen Büro in Riva del Garda. Der Ort am nordlichen Teil des Gardasees in der Region Trentino hatte in den letzten Jahrhunderten nichts von seinem Charme verloren. Einst war hier die Grenze zu Österreich was man noch immer in der Bauweise vieler Gebäude erkennen konnte. Von hier war man zwar recht schnell in Verona, Mailand oder auch Venedig, wenn man direkt die Autostrada nahm, aber um in den Süden zu kommen bot es sich dann meist doch an eine der beiden Uferstraßen zu nehmen. Die Fahrt zum südlichen Teil des Sees konnte schon mal gut und gerne bis zu zwei Stunden dauern. Die Stadt lag wie viele Orte am See malerisch am Ufer. In diesem Teil waren die Berge recht hoch. Sie erinnerten oft an die Fjorde aus Norwegen. Der Norden war ein Paradies für Kite-Surfer, während man im Süden Boote und Yachten antraf. Diese waren im Norden bis auf die der Navigarda verboten. Oberhalb der Linie von Limone sul Garda und Malcesine gehörte der See den Surfern und Segelbooten. Im Süden waren dagegen sehr viele Boote und auch sonstige Wasseraktivitäten zu beobachten. Je südlicher man kam umso flacher wurde es.

Die Temperaturen am See waren das ganze Jahr meist mediterran. Trotz der Berge konnte man auch im Winter hier sehr gut verweilen. Schnee fiel, wenn nur auf den Höhen und die Temperaturen fielen selten unter die null Grad. Je südlicher es ging, desto wärmer wurde es. Am unteren Ende des Sees wurde das Land flach und Berge waren keine zu sehen. Dafür dominierten im Süden Weinanbaugebiete und Obstfelder. Zudem war im Süden eine Menge an Freizeitangeboten in Form von Parks und Zoos angesiedelt.

Eine Vielzahl von Campingplätzen vervollständigten das ohnehin große Angebot von Ferienwohnungen und Hotels rund um den See, so dass jährlich mehrere Millionen Touristen und Urlauber an den See kamen.

Der Gardasee war ein Drei-Länder-See. Venetien im Süden, Trentino und die Lombardei im Nordosten und Westen. Riva del Garda war der Hauptsitz der Präfektur und aller kleinen Polizeistationen rund um den Gardasee. Viele der Orte rund dem See hatten zwar kleinere Stationen, jedoch waren diese nur für kleine Delikte und Probleme der Touristen.

Die Station, die weitestgehend alle bekannten und vorkommenden Kriminalformen abdeckte, gab es nur hier in Riva del Garda und im Süden in Peschiera del Garda, der bevölkerungsstärksten Gemeinde am See. Reichte das nicht aus, mussten Kollegen aus Verona hinzugezogen werden. Da der gewaltsame Tod zweier gerade eingewanderten türkischstämmigen Personen kein kleines Delikt mehr war, durfte Botatzi ran.

Er brauchte alleine für Hin- und Rückfahrt insgesamt etwas mehr als eine Stunde.

Wie bereits schon erwähnt kamen solche Vorfälle eigentlich so gut wie gar nicht vor. Im Norden Italiens und gerade in den Touristenzentren standen doch eher diese kleinen Delikte auf der Tagesordnung. Ein kleiner Taschendiebstahl, eine Prügelei in einer Kneipe, Bistro oder Strandbar oder oftmals ein Verkehrsunfall. Die Mafia selbst traute sich nicht in diesen entlegenen Teil des Landes. Ihr Wirkungskreis lag weitaus zentraler, in den Großstädten und im südlichen Teil des Landes.

Zudem glaubte Botatzi zum jetzigen Zeitpunkt nicht an einen von der Mafia in Auftrag gegebenen Mord. Denn eines war klar, die Mafia beauftragte und führte nichts selbst aus. Und nach den ersten Erkenntnissen, die er sammeln konnte, war dies kein von der Mafia angeordneter Mord. Die beiden Opfer waren nicht bekannt und auch bei Interpol nicht gelistet.

Dies konnte er bereits vor Ort noch herausbekommen. Ob die beiden jedoch in der Türkei gesucht wurden, oder ob es vielleicht auch einen politischen Hintergrund hatte, konnten er und seine Kollegen noch nicht sagen. Die Anfrage an die türkische Regierung war raus. Jedoch rechnete man nicht mit einem baldigen Ergebnis. Die Beziehungen zwischen Europa und der Türkei waren seit der Armenienresolution doch sehr eisig geworden. Zudem rechnete Botatzi damit, dass in absehbarer Zeit, auch Kollegen aus Rom auftauchen würden. Man wird glauben, dass dieser Fall eine Nummer zu groß sein könnte für eine solch kleine Polizeistation, die überhaupt keine Erfahrung mit solchen Fällen hatte.

Im Moment aber war es noch sein Fall. Er hatte von seinem Vize Questore die volle Rückendeckung bekommen.

Das Telefon klingelte. Es war ein uralter Apparat. Keine Klingeltonwahl und eine Wählscheibe hatte es auch. Er hatte es mal im Internet recherchiert und herausbekommen das es aus den späten 60ern war. Also in etwa sein Jahrgang. Man konnte auch natürlich nicht sehen, wer am anderen Ende dran war. Das war verdammt tückisch, denn es gab einen bestimmten Personenkreis, den er eigentlich immer aus dem Weg gehen wollte. Aufdringliche Anrufer und seinem Vize Questore. Aus diesem Grund ließ er es immer erst ein paar Mal klingeln. Dieser hier war besonders hartnäckig. Es klingelte bereits zum sechsten Mal. Er hob ab.

„Was dauert das denn so lange bei Ihnen? Kommen Sie bitte augenblicklich zu mir rüber! Ich habe etwas für Sie…"

Noch bevor Botatzi etwas entgegnen konnte hatte sein Gegenüber bereits wieder aufgelegt. Er verdrehte die Augen und erhob sich langsam aus seinem Stuhl. Das war genau der Grund, warum er so ungern an seinen alten Apparat ging. Aber es half nichts. Der Vize Questore wollte ihn sehen!

Ohne große Worte ging Botatzi ins Erdgeschoss, wo das Büro des Vize Questore war. Ohne anzuklopfen ging er ins Vorzimmer, nickte Tomaso Sici, dem Sekretär des Vize Questore zu und ging weiter in das Büro, dessen Tür fast immer aufstand. Es war ein großer Raum. Viel zu groß für die Polizeistation. In der Mitte stand ein Schreibtisch. Einer dieser für den man einen Kran oder eine ganze Fußballmannschaft benötigte, um ihn aufzustellen. Er war aus massivem dunklem Eichenholz und hatte überall Verzierungen. In der linken Ecke stand eine Couch mit einem Glastisch. Daneben eine kleine Bar, die in einem alten Sekretär versteckt war.

An den Wänden standen riesige Regale, die allesamt mit Büchern befüllt waren. Zudem standen viele große Pflanzen verteilt im Zimmer des Vize Questore. Das Zimmer war somit eine Mischung aus botanischem Dschungel und ungenutzter Bibliothek.

An dem großen Schreibtisch saß eine zierliche ältere Person. Es war Dottoressa Susanna Luca, die Vize Questore für den gesamten Gardasee. Sie war bereits Anfang 60, hatte dunkel gefärbte Haare und trug meist eine Lesebrille, die lediglich nur auf ihrer Nasenspitze saß oder an einer Schnur um Ihren Hals baumelte. Ihr Gesicht war faltig und die Haut ledrig gegerbt. Das kam sicherlich von der übermäßig vielen Sonne, der sie zumeist frönte. Sie verbrachte sehr viel Zeit in der Sonne oder im Sonnenstudio. Auf ihrer Haut trug sie meist dunkle Hosenanzüge oder Kostüme. Susanna Luca war verheiratet, hatte aber keine Kinder. Ihr Mann war mal ein hohes Tier in der Kommunalpolitik, hatte sich aber bereits zur Ruhe gesetzt und kümmerte sich nun meist um Haus und Garten. Sie hatte keine Lust ihren beginnenden letzten Lebensabschnitt in Ruhe und mit ihrem Mann zu Hause zu verbringen. Man wird sie höchstwahrscheinlich in einer Kiste irgendwann aus der Questura tragen, sollte der Innenminister sie nicht vorher zu ihrem Mann nach Hause schicken.

Dottoressa Susanna Luca blickte nicht auf. Auch schaute sie nicht über ihre Brille, sondern blickte weiterhin auf die Unterlagen, die vor ihr lagen. Botatzi stand völlig verloren in der Mitte des Raumes und wartete. So war es immer, wenn er zu ihr ins Büro gerufen wurde. Deshalb hasste er diese Treffen immer. Und das wusste sie. Sie wusste es, weil es bei jedem in der Questura so war.

„Setzen Sie sich Botatzi! Sie machen mich nervös, wenn Sie so im Raum stehen und auf mich stieren!"

Botatzi kam näher und setzte sich direkt vor sie. Die Vize Questore machte noch immer keine Anstalten sich von ihren Unterlagen zu lösen und sich Botatzi zu widmen. Der Commissario blickte umher, wie er es eigentlich immer tat. Er kannte das Büro auswendig. Oft hatte er hier schon gesessen und genauso wie heute gewartet. Botatzi konnte auf Anhieb erkennen, welche Pflanze sich verändert hatte und welche wie viele Blüten trug.

Sein Blick kam zurück und blieb im Ausschnitt seiner Chefin hängen, der heute besonders groß war. Ihm war das bis jetzt noch nie aufgefallen. Vielleicht auch weil es ihn eigentlich nicht interessierte. Sie war weder sein Typ, noch passte das Alter. Er stand auf die jüngere Generation. Doch heute musste er unfreiwillig schauen. Was er sah, war gar nicht so uninteressant, dachte er im ersten Augenblick.

Dadurch, dass Susanna Luca nach vorne gebeugt war und über den Unterlagen hing, konnte er ungehindert auf ihre Brüste blicken. Diese waren wie alles an ihr gebräunt. Ob nahtlos konnte er natürlich nicht sehen und wollte es sich auch nicht vorstellen. Aber sicher war es so. Sie trug einen roten Spitzen BH, der sehr stramm saß und ihre Brüste zusammenpresste. Sie quollen förmlich hervor. Mit den Größenverhältnissen kannte er sich nicht aus. Für ihn wäre es aber die perfekte Größe, wenn sie in seine Hand passten und schön fest waren. Aber nicht zu fest. Natürlich sollten sie schon sein. Kein Silikon oder ähnliches. Das alles war jedoch nichts Besonderes, würde nicht die linke Brust unförmig im Körbchen hängen und die Brustwarze herausblitzen. Sie war klein, aber er konnte sie deutlich erkennen. Nun stierte Botatzi wirklich in ihre Richtung und merkte nicht, dass sie es merkte.

Eigentlich stierte er auch nicht in ihre Richtung, sondern einzig und allein auf ihre Brust. Dottoressa Luca merkte es und blickte hinunter, um zu sehen wo sein Blick hinging. Noch immer war er darauf fixiert. Nun merkte auch sie was war und sprang auf. Dabei stieß sie die Wasserkaraffe auf ihrem Schreibtisch um, welche im hohen Bogen in Richtung Commissario flog. Dieser konnte sich, noch immer abwesend und in Gedanken, nicht rechtzeitig aus der Gefahrenzone entfernen und bekam das komplette Wasser aus der Karaffe ab.

Auch er sprang jetzt auf. Beide standen sich jetzt gegenüber, nur getrennt durch den wuchtigen Schreibtisch. Das Wasser der Karaffe tropfte auf den Boden. Sonst war es mucksmäuschenstill. Dottoressa Luca war knallrot und hatte beide Hände in ihrer Bluse, um ihre Brust zu richten. Botatzi lief jetzt ebenfalls rot an und blickte zu Boden. Das meiste Wasser hatte sich über seine Hose verteilt und es sah so aus als hätte er es nicht mehr rechtzeitig zur Toilette geschafft.

„Das ist… das sollte… Ich wollte… Sie sind…!", stammelte der Commissario.

„RAUS… sofort!!! Sie… Sie… Sie…!"

Aber Sie… ich wollte doch gar nicht… Sie sind… Sie sind…!", versuchte Botatzi nochmals.

„Ich sagte raus… sofort!"

„Sie sind doch gar nicht… mein… mein Typ…! Ich stehe doch eher auf… Jüngere!!!", versuchte Botatzi zu retten.

Doch es war vergebens. Seine Chefin kochte vor Wut, immer noch die Hände in der Bluse, um ihre Brust zu richten. Sie hatte noch immer einen hochroten Kopf. Botatzi dagegen hatte sich bereits umgedreht und war schon wieder an der Türe. Er blickte sich nicht mehr um, sondern verließ schnellen Schrittes das Büro des Vize Questore.

Im Vorzimmer blickte ein ahnungsloser Sekretär auf Botatzi.

„Ihre Brust... Sie hing... Sie war... Ich konnte... Ich muss gehen!"

Er ging, ohne einen weiteren Versuch zu erklären zurück in sein Büro, wo bereits Sergente Di Gallo auf ihn wartete.

„Kommen Sie Commissario. Wir müssen nochmal nach Tignale. Es hat sich ein Zeuge gemeldet!"

Ohne ein weiteres Wort verließen beide die Questura und machten sich auf den Weg zurück nach Tignale.

8

Die Muckels starten in den Urlaub

Gudrun und Friedhelm Muckel hatten bereits seit Monaten auf diesen Tag gewartet. Die Koffer waren gepackt und in wenigen Stunden würde es losgehen. Bereits vor über 10 Monaten hatten sie die Ferienwohnung über das Internet reserviert. Es war nicht ihr erster Urlaub am Gardasee. Beide waren seit mehr als 20 Jahren verheiratet. Die beiden Kinder, einen Buben und ein Mädel, waren seit gut zwei Jahren ausgezogen und lebten ihr eigenes Leben. Gudrun und Friedhelm waren beide in den 40igern, sie in der ersten Hälfte, er im hinteren Drittel.

Die Kinder wohnten in der näheren Umgebung, waren jedoch nicht verheiratet. Beide hatten aber einen Partner, mit dem sie zusammenlebten.

Gudrun und Friedhelm besaßen ein kleines Häuschen im beschaulichen Dorf Bell, nahe der Stadt Kastellaun im Hunsrück. Jedes Jahr ging es woanders hin, jedoch immer Europa. Die letzten Jahre verbrachten sie ihren Urlaub bereits in Schweden, Ungarn, Portugal und an der Ostsee.

Friedhelm saß am Küchentisch und studierte noch einmal die Unterlagen. Vor Jahren, als sie bereits schon einmal ihren Urlaub am Gardasee verbrachten, hatten sie sich für die Route über den Brenner entschieden.

Damals hatten Sie mehr als 6 Stunden im Stau gestanden. Aus diesem Grund hatten sich die Muckels eine Vignette gekauft und wollten dieses Mal über die Schweiz fahren. Diese hatte Friedhelm bereits vor Wochen beim ADAC gekauft. Er wollte vorbereitet sein und hatte alles geplant und vorbereitet. Da sie in der Nacht loswollten und aller Voraussicht in den frühen Morgenstunden in der Schweiz sein würden, hatte er keine Lust an irgendeiner Raststätte nahe der Grenze eine Vignette zu kaufen. Die Vignette kostete eh überall gleich und war stets für ein Kalenderjahr gültig. Daher spielte es keine Rolle, wann er sie kaufte. Sie lag, wie die ganzen anderen Unterlagen, ausgebreitet und gut sortiert auf dem Tisch. Gudrun ließ ihn alleine und hatte sich in die Wohnstube zurückgezogen. Sie las in einer Illustrierten und trank einen grünen Tee.

Die Koffer lagen bereits seit zwei Wochen auf dem Boden des Schlafzimmers und wurden in den letzten Tagen stetig befüllt. Gudrun hatte noch einmal alles gewaschen und gebügelt. Nun waren ihre Koffer voll und reisebereit. Friedhelm, der nie einen Urlaub machte ohne eine penible Planung, hakte gerade die letzten Punkte auf seiner Liste ab. Die meisten Unterlagen verstaute er nun in der eigens dafür vorgesehenen selbstentworfenen Urlaubsmappe. Als letztes kam nun die abgehakte Checkliste dazu.

Der Wecker klingelte laut und schrill. Gudrun erwachte und stand direkt auf. Friedhelm grummelte etwas Unverständliches und drehte sich nochmals zur Seite.

Sie verschwand im Badezimmer, wo man sekundenspäter erst die Klospülung und dann die Dusche hörte. Friedhelm bekam von alledem nicht viel mit. Er war nochmals eingeschlafen.

20 Minuten später stand Gudrun neben ihrem Mann und scheuchte ihn aus dem Bett.

„Wie spät ist es!", fragte er verschlafen.

„Es ist 02:30 Uhr. Du wolltest doch um 03:00 Uhr los!", erwiderte Gudrun kurz und knapp und verließ summend das Schlafzimmer.

Friedhelm erhob sich und schlurfte nun ebenfalls in Richtung Badezimmer.

Im Erdgeschoss hörte er Gudrun. Sie hatte bereits die Kaffeemaschine in Gang gesetzt und sang den Refrain von *Oh sole mio*.

Friedhelm verdrehte die Augen. Er ertrug die gute Laune seiner Frau um diese Uhrzeit überhaupt nicht. Er war zwar kein Morgenmuffel, aber singen um diese Uhrzeit musste nun wirklich nicht sein. Zu allem Überfluss hatte sie nun auch noch das Radio angemacht. Es lief SWR 4 mit den Amigos. Das war die totale Katastrophe. Er verschwand im Badezimmer.

30 Minuten später stand auch er in der Küche. In der Hand hatte er die beiden Kulturbeutel aus dem

Badezimmer. Ohne ein Wort drückte er sie Gudrun in die Hand und ging zur Kaffeemaschine. Im Radio lief mittlerweile Klubbb3. Besser als vorhin allemal, aber dennoch mit Luft nach oben.

Gudrun verstaute die beiden Beutel in einer der unzähligen Tüten und Taschen. Die Muckels hatten neben den Koffern immer eine Menge Taschen und Tüten im Gepäck. Das Auto war dann immer voll wie nach einem Einkauf. Ihm passte das überhaupt nicht. Lieber würde er einen weiteren Koffer mitnehmen, war sich aber sicher, dass seine Frau dann trotzdem noch genügend finden würde was in Tüten und Taschen gepackt werden müsste.

Mit 20 Minuten Verspätung ging es endlich in Richtung Bella Italia. Der Urlaub fing ja prima an. Bereits jetzt schon Verspätung. Friedhelm rechnete mit dem schlimmsten. Gudrun summte immer noch. Er machte das Radio an und stellte auf CD um. Sofort ertönte „Highway to Hell" aus den Lautsprechern. Das Navi zeigte knapp 900 Kilometer bis zum Ziel an. Gudrun steckte sich die Pfropfen in die Ohren und schloss die Augen.

9

Stuttgart

Zwei Tagen waren vergangen, seit er das türkische Ehepaar in Tignale beseitigt hatte. Den Lohn für diese Arbeit hatte ihm der Auftraggeber bereits gezahlt, nur wenige Stunden nach Erledigung auf ein Schweizer Nummernkonto.

Er hatte einige Konten, verteilt in ganz Europa. Neben dem Konto in der Schweiz gab es noch eines in Monaco, in Deutschland und in London.

Letzteres hatte er erst vor wenigen Wochen eröffnet. Die anderen hatte er schon seit Jahren. Jedes war auf einen anderen Namen eröffnet worden. Noch nie gab es Schwierigkeiten. Auf den Konten war immer Geld drauf. Natürlich nie zu viel, um keinen Verdacht zu schöpfen. Besonders in Deutschland, wo man doch immer sehr genau auf Kontenbewegungen achtete.

Die Zahlungen seiner Aufträge kamen auch nie im vollen Umfang auf einmal. Auch wurden Sie meist gesplittet auf mehrere seiner Konten. Er hatte ein ausgeklügeltes System und machte es stets zu seinen Bedingungen wie, wann und wo der Auftraggeber zu zahlen hatte.

Bei der Eliminierung der beiden Türken war das allerdings nicht nötig gewesen. Dieser Auftrag war kein lukrativer gewesen und war mehr ein Handgeld gewesen was hier überwiesen wurde. Daher war es nicht nötig gewesen hier sein spezielles System anzuwenden.

Seine Auftraggeber kannte er meist nicht. Genauso wenig wie sie ihn kannten. Anonymität war äußerst wichtig. In seiner Branche genauso wie auch auf Seiten seiner Klienten, seiner Auftraggeber.

Er hatte sich nach der Abreise aus Italien doch noch kurzfristig für den Weg über die Schweiz entschieden. Nicht wegen den Kontrollen. Diese wurden derzeit überall in Europa vermehrt durchgeführt. Sei es wegen den Anschlagsserien durch IS oder dem Flüchtlingsstrom aus Syrien und Nordafrika, der ja meist über Lampedusa im Süden Italiens nach Europa reinkam. Die Grenzen waren überall derzeit wieder unter Beobachtung. Er besaß eine Menge Identitäten. Einige hatte er eigentlich immer bei sich. Der Weg über die Schweiz war einfach unkompliziert und schnell. Kein Stau, kein Verkehr und nach zwei Stunden bereits in Deutschland.

Er lag auf seinem Bett im Hotel Maritim in Stuttgart. Am Abend wollte er sich das Pokalspiel zwischen dem VfB Stuttgart und Bayern München anschauen. Den nächsten Auftrag hatte er auch bereits avisiert bekommen. Jedoch hatte er hier noch ein wenig Zeit. Es war nichts Eiliges und er konnte selbst entscheiden, wann er ihn erledigen würde. Er hatte wie immer alle Daten per E-Mail erhalten. Da es sich diesmal um einen etwas größeren Auftrag handelte wo die Entlohnung höher war, hatte er bereits hier sein ausgeklügeltes System an seinen Auftraggeber weitergeleitet und diese Instruktionen bezüglich der Zahlungen gegeben, die dieses Mal nicht nur auf ein Konto gehen sollten, sondern auf mehrere verteilt werden sollten. Die erste Teilzahlung sollte noch vor Auftragsbeginn auf das Konto in London eingehen. Aus diesem Grund checkte er gerade über das Internet, ob bereits etwas eingegangen war.

Er selbst konnte bis heute nicht genau sagen, nach welchem Schlüssel er sein Gehalt pro Auftrag festlegte. Mal war es Kalkül, mal war es aufgrund der Gefahrenlage, in die er sich zwangsläufig begab, mal war es der Zeitaufwand, den er benötigte und ein anderes Mal einfach nur ein sogenanntes Trinkgeld.

So nannte er die Aufträge, die er im Vorbeigehen erledigte oder die er einfach mal so mitnahm, weil sie weder Zeit noch Aufwand bedeuteten und meist schnell erledigt waren. So wie die beiden Türken in Italien.

Doch dieser hier würde anders werden, dieser neue würde Zeit in Anspruch nehmen.

Die Kommunikation für jeden seiner Aufträge geschah über eine verschlüsselte abgesicherte Leitung. Die Möglichkeiten dazu hatte er sich aus dem Darknet besorgt.

10

Ein Unfall ist keine Allianz fürs Leben

Ein weiterer Zeuge, welcher sich tags zuvor bei der Questura gemeldet hatte, erwies sich als dummer Jungenstreich, als ein Trittbrettfahrer oder was auch immer.

Botatzi und Di Gallo fuhren nach dem Zwischenfall bei der Vize Questore direkt zurück nach Tignale. Die angegebene Adresse stimmte jedoch nicht. Hier stand nur eine Scheune, jedoch weit und breit kein Wohnhaus. Sie gingen alle Straßen ab, welche Ähnlichkeit mit der aufgegebenen Adresse haben könnten.

In der Questura fragte Di Gallo nochmals beim zuständigen Bereitschaftsdienst nach, ob die Daten richtig waren. Die Daten die an die Bereitschaft gemeldet wurden, waren aber mit der der Scheune identisch. Botatzi und Di Gallo fuhren zurück nach Riva del Garda.

Luigi Schifferle war nach seinem Zwischenfall im Badezimmer weiterhin vom Pech verfolgt. Er wollte unbedingt in Riva del Garda zum Einkaufen. Außer ein paar Kaffeebohnen und Toilettenpapier hatte er nichts mehr im Hause. Davon konnte selbst er am Gardasee nicht lange überleben. Also wollte er im nahegelegenen Riva für Abhilfe sorgen. Dort gab es einen Discounter, wo er schnell und preisgünstig für die nächsten Tage seinen Vorrat auffüllen konnte.

Bereits an der ersten Kreuzung war Schluss. Von hinten krachte ihm ein Piaggio Transporter ins Heck. Das war einer dieser dreirädrigen Fahrzeuge aus der Allianz Werbung aus den 80er Jahren. Jedoch war Werbung schon immer geschönt und auf Kundenfang aus. Keine Hilfe, kein Straßenfest, keine italienische Menge die Hilfsbereit zur Seite stand. Stattdessen ein älterer Herr der nur wild gestikulierend da stand und ihn nicht verstand. Und er wiederrum verstand ihn nicht.

Der kleine Transporter hatte sich regelrecht in das Heck von Luigis Auto hineingebohrt und war mit der Rückbank verschmolzen. Die Hinterachse hatte das unscheinbare Vehikel dabei in der Mitte geteilt. Beide Hinterräder hingen angewinkelt und schief im Radkasten. Dem kleinen Transporter hingegen schien nicht allzu viel passiert zu sein. Außer das sich sein Vorderteil in zerstörerischer Weise in das Heck von Luigis Fahrzeug gebohrt hatte. Eine gefühlte Ewigkeit später stand ein Wagen der Gendarmerie auf der Kreuzung und regelte erst einmal den Verkehr.

Gefühlte 2 Stunden später stand ein weiteres Fahrzeug der Polizei am Unfallort und nahm den Schaden auf. Dabei interessierten sich die Beamten mehr für das Piaggio und den älteren Herrn als für Luigi. Dieser wurde nicht mal befragt, sondern schlichtweg gar nicht beachtet. Sie machten Bilder, befragten den älteren Herrn und telefonierten. Nach Minuten des Wartens kam einer der Beamten zu Luigi und musterte ihn von Kopf bis Fuß. Dieser wollte gerade etwas sagen, als ein weiteres Fahrzeug am Unfallort hielt. Es war ein Zivilfahrzeug der Polizei, welches er im ersten Moment nicht erkannte, obwohl er es in den letzten Tagen des Öfteren in seiner Nachbarschaft gesehen hatte. Commissario Botatzi und sein Sergente stiegen aus und begutachteten ebenfalls das Gebilde. Botatzi machte Bilder und musste ein wenig schmunzeln. Er sagte etwas zu dem Beamten und dieser entfernte sich wieder, ohne weiter auf Luigi einzugehen.

„Ich geh mal nicht davon aus, dass das kleine Dreirad mit Motor Ihnen gehört, Senior…?!"

„Schifferle, Luigi Schifferle… Immer noch Herr Commissario!"

„Bitte entschuldigen Sie. Ich sagte ja bereits, dass mein Namensgedächtnis nicht das Beste ist. Was ist denn passiert?"

„Das ist eine lange Geschichte. Also…"!

Luigi fing an zu erzählen. Von dem Schaden im Badezimmer, seinem Ärger mit seinem Vermieter, der ebenfalls an Gedächtnisschwund litt und dem Versuch einkaufen zu fahren, was ja, wie er bereits sah, abrupt beendet wurde. Der Commissario musste mehrmals schmunzeln, machte sich aber zu jeder Sache eine kurze Notiz. Nach einigen Minuten hatte Luigi alles erzählt und beide Männer standen nun vor dem

Blechhaufen und schauten still und fast andächtig darauf.

„Der Unfallverursacher wird dies hier seiner Versicherung melden. Sie sollten im Gegenzug ebenfalls ihre Versicherung informieren. Nur zur Vorsicht. Hier in Italien ist die Lage ein wenig anders. Die Mühlen der Behörden mahlen noch langsamer als bei Ihnen in Deutschland. Und auch die Menschen hier gehen die Dinge alle etwas gelassener an. Der Alte wird Ihnen gleich alle Daten geben. Tauschen Sie sich mit Ihm aus.

Die Kollegen haben bereits einen Abschleppwagen bestellt, der in wenigen Minuten da sein sollte."

„Vielen Dank Commissario!"

Luigi blickte ihn fragend an. Der Commissario blickte fragend zurück.

„Ja bitte?"

„Ich müsste dennoch immer noch etwas einkaufen!"

„Ja und?"

„In Deutschland heißt es immer „Die Polizei, dein Freund und Helfer." Wie ist das hier in Italien?"

Botatzi verstand nun und musste lachen.

„Ach so, klar sicher kein Problem. Wir werden Sie zum Supermarkt begleiten und Sie auch anschließend nach Hause bringen!"

Eine halbe Stunde später war das ungleiche Gespann bei einem Discounter. Luigi spurtete durch die Gänge. Jeder Handgriff passte. Ohne großes Suchen fand er auf Anhieb alle seine Sachen. Vielleicht lag es auch daran, dass der Discounter den gleichen Aufbau wie in Deutschland hatte. Kurz darauf war er fertig und die drei machten sich zurück nach Tignale. Botatzi und Di Gallo luden Luigi vor dem Haus ab und fuhren direkt weiter. Zurück blieb ein Auswanderer, der seit kurzer Zeit kein Auto mehr hatte. Er verschwand in seiner kleinen Wohnung. Auf der Straße war es wie immer sehr ruhig.

11

Urlaub hier, Tod dort

Gudrun und Friedhelm Muckel hatten soeben die Autostrada am unteren Ende des Gardasees verlassen.

In etwa einer Stunde würden sie an ihrem Ziel sein. Die Fahrt ging recht reibungslos und schnell von statten. Anders als beim letzten Italien Urlaub, waren sie ja diesmal nachts losgefahren und hatten so kaum Verkehr.

Nur um Mailand herum hatte dieser ein wenig zugenommen. Auch die Idee über die Schweiz zu fahren war die richtige gewesen. Es war wesentlich entspannter als über den Brenner zu fahren, der meist völlig überlastet war zu dieser Zeit. Friedhelm hatte mal wieder alles richtig geplant. Sie hatten lediglich am Comer See eine Frühstückspause eingelegt.

Gudrun war bei diesem Stopp ganz aufgeregt gewesen und hatte sich ständig umgeschaut. Sie hatte sich erhofft George Clooney zu begegnen oder wenigstens aus der Entfernung zu sehen. Dieser hatte aber wohl nicht das Bedürfnis sie zu sehen und so blieb er ihr einfach fern.

„Wir bringen erst unser Gepäck in die Ferienwohnung. Wir liegen so was von gut in der Zeit. ", sagte Friedhelm und steuerte seinen Wagen gewohnt sicher über die Straße.

„Lass uns doch gleich hier vorne halten. Da war doch immer ein Supermarkt. Dann haben wir das doch direkt erledigt. Wir müssen ja nicht viel einkaufen."

Friedhelm verzog das Gesicht. Seine Frau brachte mal wieder seinen geplanten Ablauf durcheinander. Sie bemerkte seine Schnute.

„Jetzt komm… Das ist doch auch in deinem Interesse. Nach der langen Fahrt und so. Dann müssen wir doch nicht noch einmal los!", sagte sie ohne eine Widerrede zu dulden.

„Hmm… Wenn es sein muss!"

Kurz darauf fuhr er auf den Parkplatz des Supermarktes. Anders als in Deutschland hatten hier die Geschäfte wesentlich länger auf. Gerade jetzt in der Hauptsaison. Auch die typische Schließung über die Mittagszeit, die eigentlich in südlichen Ländern üblich war, gab es hier nicht. Und auch sonntags war alles offen. Es gab eigentlich nur wenige Tage, an denen selbst die Supermärkte geschlossen hatten. Das war an Ostern und Weihnachten, oder was niemand hoffte, wenn irgendeine Katastrophe eine Schließung notwendig machte. Der Parkplatz war nur etwa zur Hälfte belegt. Die Muckels verließen das Auto und Gudrun lief ohne Umwege zielstrebig auf den Eingang zu, während Friedhelm einen Einkaufswagen besorgte. In einigem Abstand folgte er ihr.

Blutüberströmt lag er auf dem Bett seines Hotelzimmers. Bereits die erste Kugel war tödlich gewesen.

Es war ein aufgesetzter Kopfschuss. Sein Gehirn hatte sich in Sekundenbruchteilen zu einer Bombe entwickelt und den halben Hinterkopf weggerissen. Alles lag verteilt auf Bett und Boden.

Die vier anderen Kugeln trafen ihn in der Brust und im Bauchraum. Eine zerfetzte seine Lunge und das Herz. Die andere drang seitlich ein, durchschlug die Leber und kam auf der Rückseite wieder heraus. Die letzte Kugel traf den Magen. Aber wie bereits geschildert spürte er diese Kugeln schon gar nicht mehr. Sie waren nur die Zugabe und die perverse Lust des Mörders.

Noch vor zwei Tagen war er es der eine türkische Auswanderfamilie am Gardasee mit nur einem Schuss das Leben aushauchte. Nun lag er selber in seinem Hotelzimmer. Erledigt von seinem neuen Auftraggeber.

Just in diesem Augenblick öffnete das Zimmermädchen die Tür. Maria Zeflevkova war Studentin und erst wenige Tage auf dieser Etage. Sie finanzierte sich mit diesem Job ihr Studium für Naturwissenschaften. Gebürtig war sie aus der Ukraine und lebte erst seit wenigen Monaten in Deutschland. Sie hatte bereits mehrere Sprachkurse hinter sich und ihr Studium gerade erst begonnen.

Sie betrat den Vorraum des Zimmers und schloss die Türe hinter sich. Dann ging sie wie immer direkt in den Wohn- und Schlafraum. Sie blickte auf den Boden und war zu sehr damit beschäftigt ihre Utensilien zur Reinigung des Zimmers hineinzubringen, als die riesen Sauerei zu erblicken, die das Zimmer fast vollständig ausfüllte.

Noch immer hatte sie ihren Blick auf dem Boden, blieb jetzt jedoch vor etwas Undefinierbarem stehen und bückte sich nach unten, um es genauer zu betrachten. Es war ein etwa 2 Euro großes Etwas, was auf der einen Seite behaart und durch etwas Rotes verklebt war. Es lag auf dem Teppich. Maria griff danach und hob es auf. Jetzt wanderte ihr Blick erstmals durch das Zimmer. Ihre Augen weiteten sich um ein Vielfaches. Ihr Magen verkrampfte und sie hielt noch immer dieses Etwas in der Hand. Maria schaute auf ihre Hand. Sie war rot, durch das was sie in der Hand hielt. Irgendetwas glibbriges lief über ihre Finger zur Handfläche. Sie blickte wieder ins Zimmer. Star vor Entsetzen war sie nicht in der Lage zu schreien. Überall war Blut, auf dem Boden, an den Wänden, an der Gardine, einfach überall. Wieder blickte sie in ihre Hand, die immer noch krampfhaft dieses Etwas festhielt. Im Zimmer lagen noch weitere dieser Teile herum. Maria blickte auf den leblosen Körper auf dem Bett. Der halbe Kopf fehlte. Wieder schaute sie auf ihre Hand. Schaute auf das Etwas was sie immer noch festhielt. Schreien konnte sie immer noch nicht. Sie öffnete ihre Hand und ließ das Teil auf den Boden fallen. Ihr Körper löste sich aus der Starre und sie schrie. Sie schrie so laut, dass ihre Ohren sich schlossen und sie alles in einem dumpfen Ton wahrnahm. Dies alles geschah in Sekundenbruch-teilen, seit sie dieses Etwas vom Boden aufnahm. Sie drehte sich um und stürmte aus dem Zimmer nach draußen. Sie rannte über den Flur zum Aufzug. Von dort zur Treppe und stürmte hinunter über das Treppenhaus. Sie stolperte mehrmals und konnte sich jeweils im letzten Augenblick fangen. Die letzten Stufen verstolperte sie so stark, dass die gegen die Türe prallte und in die Lobby fiel. Augenblicklich war es still in dem sonst so lebhaften Foyer des Hotels. Alle blickten Maria an. Noch immer klebte Blut an ihrer Hand. Der Concierge eilte um den Tresen herum und half Maria auf.

„Was ist passiert Maria? Was ist das an deiner Hand?" Maria blickte ihn entsetzt an. Dann schaute sie zu ihrer Hand. Sie fing an sich zu schütteln, fing an zu weinen und brach zusammen. Der Concierge fing sie im letzten Augenblick auf und legte sie zu Boden.

„Schnell Polizei und Notarzt!"

Wenig später standen mehrere Polizeiwagen vor dem Hotel. Dazu kamen noch ein Krankenwagen und der soeben eingetroffene Leichenwagen. Die Presse hatte ebenfalls Wind von der Sache bekommen und ver-suchte krampfhaft an Informationen zu kommen.

Im Inneren des Hotels ging es nicht weniger aufregend zu. Ein Großteil der Beamten war zu-sammen mit der Spurensicherung, dem Arzt und den Sanitätern bereits oben auf dem Zimmer. Der

Bestatter folgte in gewohnt ruhiger und gelassener Manier.

Auf der Couch in der Lobby lag Maria. Bei ihr waren mehrere Polizisten, eine Psychologin, sowie ein Arzt und ein Sanitäter. Dieser streichelte unaufhörlich ihren Arm, der noch immer zitterte. Maria Zeflevkova hatte gerade eine Spritze bekommen und lag immer noch weinend und zusammengerollt da. Sie war, nachdem sie zusammengebrochen war, kurze Zeit später wieder zu sich gekommen. Sie erinnerte sich recht schnell wieder an das was passiert war. Die Psychologin saß am unteren Ende zu ihren Füßen und streichelte ihr über Hand und Oberschenkel.

Gudrun und Friedhelm kamen aus dem Supermarkt. Sie hatten mal wieder viel zu viel eingekauft. Ihr Einkaufswagen war gut gefüllt, wenn man mal bedachte, dass beide nur zu zweit waren und dies im Urlaub wohl auch so bleiben würde.

Friedhelm öffnete das Auto und Gudrun verstaute die 6 Tüten auf der Rückbank des Wagens. Dann stiegen beide ein und fuhren langsam vom Parkplatz des Marktes. Ihr nächstes Ziel sollte definitiv die Ferienwohnung in Tignale sein.

Als sie etwa 30 Minuten später auf dem Gelände des Ferienareals ankamen, hatte es leicht begonnen zu regnen. Eine dunkle Wolke hatte sich aus Richtung Norden über den Gardasee geschoben. Friedhelm rollte mit den Augen.

„Was rollst du denn schon wieder mit den Augen?"

„Ich habe es gewusst und gesagt. Lass uns erst in die Ferienwohnung und dann zum Einkaufen. Aber nein, es musste ja wieder mal anders sein!", beschwerte er sich.

„Was hast du wieder für ein Problem? Es ist doch völlig egal ob wir jetzt bei diesem Wetter die ganzen Sachen ausladen, oder nur den Einkauf. Du machst mal wieder aus einer Mücke einen Elefanten.", hielt Gudrun dagegen.

Der Regen wurde stärker. Beide luden schnellen Schrittes das Auto aus und verschwanden kurz darauf in der Ferienwohnung. Der Regen wurde zum Wolkenbruch. Donner und Blitz gesellten sich wie selbstverständlich dazu.

Maria lag noch immer auf der Couch. Aus dem Aufzug kamen die Bestatter. Den Zinnsarg mussten sie hochkant aufstellen. Nun versuchten sie ihn möglichst geräuschlos wieder heraus zu bekommen.

Maria blickte in die Richtung. Wieder liefen ihr Tränen über die Wangen. Aus dem zweiten Aufzug kamen die ersten Beamten.

Neben Maria tauchte ein Mann in Jeans, T-Shirt und schmuddeliger beiger Jacke auf. Er blickte zu ihr und der Psychologin.

„Kann ich mit Ihr reden?"

„Nein, besser nicht. Sie braucht jetzt erst einmal Ruhe!", erwiderte die Psychologin, ohne aufzublicken.

Noch bevor er etwas sagen konnte, fügte sie hinzu.

„Wir bringen Sie erst einmal in die Klinik. Sie braucht Hilfe. Versuchen Sie es morgen. Vielleicht geht es Ihr dann schon etwas besser und sie ist vernehmungsfähig!"

Er nickte und entfernte sich wieder. Schnell und unbemerkt, wie er gekommen war. In der Lobby wurde es zunehmend wieder ruhiger. Nur noch Maria, die Psychologin, sowie ein paar Beamte waren anwesend. Ansonsten war es ungewöhnlich ruhig und leer in dem sonst so belebten Hotel. Draußen war die komplette Straße um das Hotel durch die Polizei abgesperrt worden. Niemand kam hinein, keiner wollte hinein.

12

Stuttgart – Bergamo

"Ich habe Ihn erledigt! 6 Schüsse in Kopf und Ober-körper. Er hat gewinselt, wie ein Köter, bevor ich Ihn erledigt habe…!"

Danach legte er auf und verließ die Telefonzelle des Hotel Maritim. Er ging durch die Lobby und trat wenig später hinaus. Es war kühl in Stuttgart. Der ganze Sommer war bis jetzt ein einziger Reinfall. Regen und kühle Temperaturen domminierten das Wetter. Nur wenige sonnige Tage waren dabei. Die Leute sehnten sich regelrecht nach dem Sommer.

Er zog den Kragen seiner Jacke nach oben und schloss den Reißverschluss. Es war ein dunkelblauer Blouson. Seine Waffe hatte er bereits wieder in der Innentasche seiner Jacke verstaut. Seine 9mm Glock mit Schall-dämpfer war von außen nicht zu sehen.

Er ging zu einem der Taxis und stieg ein.

„Zum Flughafen bitte!"

Der Taxifahrer, ein Inder startete den Mercedes Benz der Baureihe W123 und fuhr langsam vom Gelände des Hotels. Als er auf die Straße bog, betraten zwei Frauen die Straße aus dem Hotel heraus. Er sah in die verheulten leeren Augen des Mädchens. Irgendwoher kannte er sie, aber woher bloß? Der Inder gab Gas und preschte bei gelb über die Ampel.

Eine der Frauen war Maria. Auch sie erkannte den Unbekannten im Bruchteil einer Sekunde, konnte aber auch nicht zuordnen woher. Zu viel war in den letzten Minuten geschehen. Sie wollte nur noch schlafen. Dr. Löffler stützte sie und geleitete sie zum Kranken-wagen, der noch immer am Straßenrand stand. Alle anderen waren bereits weg. Die Spurensicherung war noch da und nahm die letzten Spuren auf. Die Etage war komplett abgesperrt. Die belegten Zimmer wurden umquartiert. Den Flur bewachten vorläufig vier Polizisten im Wechsel.

Das Taxi fuhr von der A8 ab und mit hoher Geschwindigkeit auf das Terminal zu. Die ganze Fahrt über lief Bollywood Musik. Dazu sang der Fahrer einige Passagen des Textes immer wieder mit.
Die Hand war bereits an der Glock und er hätte große Lust gehabt, diesem unerträglichen Gewinsel ein Ende zu bereiten. Aber für den heutigen Tag war es genug gewesen. Er hatte genug Blut und Innereien verteilt.
Das Taxi kam mit quietschenden Reifen vor dem Terminal zum Stehen. Er zahlte und stieg aus. Auf das übliche Trinkgeld verzichtete er heute. So wie das Taxi kam, fuhr es auch wieder fort. Der Unbekannte betrat derweil das Gebäude und hielt auf den Abfertigungsschalter für Privatmaschinen zu.
Dort erwartete ihn bereits eine freundlich lächelnde Frau, mittleren Alters.
„Herzlich Willkommen am Flughafen Stuttgart!"

Er erwiderte das Lächeln. Dabei blitzte ein Goldzahn auf.

„Guten Tag. Ich habe eine Maschine gechartert und soll mich hier melden. Man sagte mir, dass es am Stuttgarter Flughafen immer recht unkompliziert und professionell zugeht!", sagte die Person in schlechtem Englisch.

Die Frau am Schalter nickte. Sie tippte bereits wild in ihrem Computer.

„Sie sind Dimitri Arkim? Die Cesna nach Bergamo?"

Der Mann gegenüber nickte.

„Ihre Maschine steht bereits auf dem Vorfeld und ist startklar. Sie können gleich los. Bitte noch ihren Pass Herr Arkim!"

Er reichte ihr den Pass. Während die Bodenangestellte die Daten im Computer gegenprüfte, blickte er sich um.

Im Terminal war nicht viel los. Bis auf ein paar wenige kleine Gruppen vor dem Tui Schalter war alles recht entspannt. Sein Blick wanderte auf die Anzeigetafel für Abflüge. Hier gab es nur eine Maschine die in wenigen Minuten startete. Die nächsten würden erst wieder in etwa einer Stunde rausgehen.

„Ihr Pass Herr Arkim. Mein Kollege wird Sie zum GAT bringen. Dort steht Ihre Maschine für Sie bereit. Ich wünsche Ihnen einen angenehmen Flug."

Der Kollege stand direkt neben ihm und lächelte ebenfalls. Er lächelte zurück.

„Vielen Dank für Ihre Hilfe.", sagte er zu ihr und verließ den Schalter.

„Auf Wiedersehen!"

Dimitri Arkim war 32 Jahre alt. Er war kurdischer Abstammung und ein Anhänger der aktuellen türkischen Regierung. Obwohl er Kurde war und seine Volksgruppe in den letzten Jahrzehnten immer mit Unterdrückung und Gräueltaten zu kämpfen hatte, war er einer der wenigen die zu der türkischen Regierung hielt. Sein Vater war Kasache, seine Mutter war Türkin.

Das hinderte ihn jedoch nicht daran, für mehrere Regierungen gleichzeitig zu arbeiten, und die Drecksarbeit zu erledigen. Er war ein sogenannter Tatortreiniger. Ein Killer für die Killer. Er erledigte meist die beauftragten Mörder. Manchmal jedoch hatte er auch nichts gegen einen ganz normalen Job.

Er war weder verheiratet, noch hatte er Kinder. Jedenfalls keine von denen er wusste. Er nahm sich was er brauchte. Meist hatte er damit keine Probleme und hatte sie bereits kurze Zeit später im Bett. Er war nicht wählerisch. Alter, Haarfarbe und Figur spielten meist keine Rolle. Er suchte sich meist die aus, auf die er Lust hatte.

Sein Aussehen war unscheinbar. Er hatte dunkles volles Haar, welches etwa schulterlang war und oft zu einem Zopf zusammengebunden. Er trug immer einen Drei-Tage-Bart, was daran lag, dass seine linke Wange eine etwa vier Zentimeter lange Narbe zierte.

Dimitri war nicht sonderlich groß, jedoch durch-trainiert. Er trug immer eine Jeans, dazu ein Hemd mit einer Weste oder Blouson.

Beide Männer gingen durch den Eingang zum GAT. Das General Aviation Terminal, kurz GAT war extra für solche Abfertigungen. Jeder Flughafen hatte ein solches Terminal. Durch ihn wurden hohe Persönlich-keiten oder auch Passagiere von Privatmaschinen meist schnell und unkompliziert abgefertigt.
Genau aus diesem Grund konnte Dimitri Arkim auch unbemerkt seine Glock mitnehmen. Er wurde am Durchgang nicht kontrolliert. Seine Personalien hatten am Gate bereits keine Unauffälligkeiten gezeigt und so stand auch niemand am GAT um ihn zu durch-leuchten. Unter den aktuell vorgegebenen euro-päischen Sicherheitsrichtlinien im Bezug auf Terror und Gefahrenabwehr war dies jedoch mehr als be-denklich.
5 Minuten später saß er in seiner Cesna, die eigens aus Bergamo kam, um ihn zu holen. Es war eine nagelneue zweistrahlige Maschine. Man roch es noch. Das Leder im Inneren war in einem rotbraun, welches mit dem hellen Teppichboden und der Wandver-kleidung perfekt harmonierte. Eine Flasche Luz Gin stand bereits an seinem Platz. Ebenso die Eiswürfel und falls gewünscht, auch eine Flasche Tonic Water von Fever-Tree. Dimitri liebte Gin, besonders den Manchester Gin aus England. Dieser hier jedoch kam

aus Italien, von einer Destillerie aus der Nähe von Rovereto.

Er öffnete die Flasche, goss sich eine große Menge in sein Glas, lehnte sich zurück und schloss die Augen.

Zur selben Zeit lag Maria in einem Einzelzimmer des Katharinen-Hospitales in Stuttgart, streng bewacht von mehreren Polizisten. Hierher wurde sie gebracht, nachdem sie nochmals im Krankenwagen am Hotel eine krampflösende und beruhigende Spritze bekommen hatte. Die Ankunft hatte Maria schon gar nicht mehr mitbekommen. Sie war direkt nach der Injektion in einen tiefen Schlaf gefallen. Bei ihr saß noch immer Frau Doktor Löffler, die seit dem Hotel nicht mehr von ihrer Seite gewichen war.

Just in diesem Moment schreckte Maria hoch. Sie war hellwach und ries die Augen weit auf.

Die Psychologin sprang direkt auf und eilte zu ihr. Maria, sagte kein Wort, sie schrie auch nicht, sondern blickte nur mit weit aufgerissenen Augen ins leere.

Doktor Löffler, berührte sie sanft am Arm. Maria löste sich aus ihrer Starre und blickte zu ihr.

„Der Mann, ich kenne den Mann! Der Goldzahn... ich werde dieses Gesicht niemals vergessen!"

Maria sank wieder zusammen und fing an zu weinen.

Doktor Löffler blickte aus einer Mischung aus Furcht und Entsetzen auf das junge Mädchen.

Just in diesem Moment wurde Deutschlandweit die Fahndung nach einem Unbekannten aufgegeben. Alle Behörden wurden informiert. Alle Grenzübergänge wurden in Alarmbereitschaft versetzt. Wie immer in solchen Fällen wurde auch Interpol eingeschaltet. Man wusste allerdings noch nicht nach wem man suchte, nach wie vielen und wo man suchen sollte!

Auch Dimitri ließ aus einem Reflex heraus sein Glas fallen und ries die Augen auf. Der Flieger war vor wenigen Minuten gestartet und bereits in der Luft.
„Das Mädchen… Ich kenne es… Aber woher…? Nein… Nein… das darf nicht wahr sein…!!!"

13

Luigis Start in ein neues Leben

„Endlich der Brief vom Amt auf den ich so lange gewartet hatte!"

Luigi zitterte als er den unscheinbaren Brief der Präfektur Brescia in den Händen hielt. Er war nicht sonderlich dick. Eigentlich war er ganz dünn. Ob das ein gutes Zeichen war?

Luigi war nicht zu seinem Vergnügen hier. Er hatte sich vor Monaten vorgenommen, wie so viele vor ihm, auszuwandern! Aber nicht nach Spanien, Amerika oder Thailand. Sein Ziel war Italien. Und er hätte es eigentlich auch besser wissen müssen. Auch und gerade hier in Italien, tickten die Uhren der Behörden noch langsamer. Da nützt es auch nichts, wenn man italienische Wurzeln hatte. Es ging halt eben alles ein wenig „gechillter".

So war es dann auch nicht verwunderlich, dass er über drei Monate auf seine Genehmigung hatte warten müssen hier am Gardasee eine Pizzeria mit schwäbischem Ambiente zu eröffnen. Er hatte zwar bereits in Deutschland alles beantragt, aber bis zum heutigen Tage hatten sich die Behörden für die Entscheidung Zeit gelassen. Ob sie positiv war wusste er nicht.

Er stand in seiner kleinen Wohnung in seiner noch kleineren Küche. Vor ihm auf dem Tisch lag der besagte Brief und starrte ihn an. Luigi zitterte am ganzen Körper. Er zitterte so stark, dass er seine Tasse mit Kaffee wieder abstellen musste, die er sich soeben eingeschenkt hatte.

Er nahm den Brief und hielt ihn gegen das Licht seines Fensters. Eine idiotische Idee. Als wenn man so etwas Brauchbares herausfinden würde. Er schüttelte mit seinem Kopf und legte ihn wieder auf den Tisch. Mit zittriger Hand griff er wieder nach seinem Kaffee und trank einen Schluck. Dann blickte er wieder auf den Umschlag.

Er griff erneut nach ihm und wendete ihn. Es war kein besonderer Umschlag. Keiner der äußerlich erkennen ließ, ob der Inhalt positiv oder negativ sein würde.

„Nun mach ihn schon auf du alter Depp!", sagte er zu sich selbst.

Er nahm ein Messer aus der Schublade und öffnete den Umschlag langsam und vorsichtig. Es dauerte daher eine halbe Ewigkeit, bis ihn Luigi endlich geöffnet hatte. Er legte das Messer zurück in die Schublade und blickte wieder auf den Umschlag.

Wieder nahm er einen Schluck aus seiner Tasse. Der Kaffee war mittlerweile nur noch lauwarm. Luigi verzog das Gesicht. Er stellte die Tasse auf den Tisch und holte endlich den Brief aus dem Umschlag.

„Also wenn du zukünftig so arbeitest wie du deine Briefe öffnest, werden wir verhungern oder keine Aufträge mehr bekommen!", sagte er wieder zu sich selbst.

„Wir haben ja noch gar keine Aufträge!", antwortete sein Inneres zu ihm.

Er faltete den Brief auseinander und fing an zu lesen. Es war in italienischer Sprache. Zunächst überflog er das Schreiben. Ungefähr mittig standen die Worte, welche er gesucht hatte, „Permesso"

Luigi wurde es heiß und kalt. Er zitterte wieder am ganzen Körper. Nun las er den Brief genau. Es überkam ihn ein Gefühl der Erleichterung.

10 Minuten später stand er unter der Dusche, die diesmal ohne Probleme funktionierte. Er summte und sang lauthals „Azzurro" von Adriano Celentano und hatte bereits mehrmals den Duschkopf als Mikrofon genutzt.

Luigi hatte jetzt tausend Gedanken in seinem Kopf. Er war noch immer so aufgeregt, dass er diese gar nicht sortieren konnte. Am liebsten würde er jetzt gerne alles auf einmal erledigen. Endlich konnte er anfangen sein Lokal zu renovieren. Luigi wollte nicht vor der Genehmigung damit anfangen, da er insgeheim bis zum Schluss daran dachte, dass die Behörden es doch noch ablehnen könnte.

Aber viel war eh nicht zu machen. Er übernahm die alte Pizzeria von Guiseppe. Dieser hatte aus Altersgründen aufgehört und er hatte sich als Nachfolger ins Gespräch gebracht. Er kannte ihn schon gefühlt seit einer Ewigkeit und so war es gar kein Problem gewesen, das Ganze ein wenig hinauszuzögern. Dass es nun doch noch so lange gedauert hatte, konnte leider keiner wissen.

Guiseppe wollte ihm am Anfang unter die Arme greifen. Als gelernter Polizist hatte Luigi so viel Ahnung vom Pizzabacken, wie ein Gärtner vom Busfahren.

Er sprang aus der Dusche und war in Windeseile fertig. Zurück in der Küche nahm er das Telefon und rief Guiseppe an. In wenigen Worten, die mehr Geschrei und Jubel war, hatte er ihm die frohe Botschaft mitgeteilt. Kurz darauf verließ Luigi die kleine Wohnung und machte sich auf zu seiner künftigen neuen Wirkungsstätte.

Guiseppe wartete bereits vor der Tür auf ihn. Er war 68 Jahre alt und hatte schneeweises Haar. Sein Gesicht zierte ein langer, buschiger Schnauzbart. Die Augen funkelten, wie die eines 12-Jährigen. Er war klein und hatte einen Bauch wie einst Dirk Bach ihn hatte.

Luigi hatte sich ein Taxi bestellt. Busse fuhren hier nur äußerst selten. Fahrradfahren und Laufen kamen nicht in Frage. Heute wollte er gefahren werden, wenn er schon kein eigenes Auto mehr hatte. Dadurch verzögerte sich natürlich auch alles. Guiseppe schaute verwundert, als Luigi aus dem Taxi stieg und auf ihn zukam.

„Was isse das…? Wo dein Auto…?"

Mit einer einfachen Handbewegung zeigte Luigi was mit seinem Auto passiert war.

„Mamma Mia…"

Guiseppe schlug die Arme vors Gesicht und bekreuzigte sich dreimal. Dabei schaute er gen Himmel.

„Buon giorno Guiseppe, alter Freund!"

Luigi umarmte den alten Pizzabäcker a. D. herzlich.

„Mach dir keine Gedanken. Mir ist ein Piaggio reingefahren. Ich glaube Totalschaden!"

„Das Piaggio?"

„Nein, dem ist nicht viel passiert!"

Wieder bekreuzigte sich Guiseppe und murmelte wieder leise Mamma Mia.

Dann gingen beide hinein. Im Restaurant war es abgedunkelt. Seit Guiseppe es geschlossen hatte, war niemand mehr hier gewesen. Eine feine Staubschicht hatte sich daher über das Mobiliar gelegt. Die Stühle waren alle auf den Tischen und die noch vorhandene Dekoration stand in einer Ecke.

Hinter dem Tresen war nur noch das Geschirr, was ebenfalls mit einer feinen Staubschicht bedeckt war. Die Getränke hatte Guiseppe nach der Schließung alle entfernt. Er öffnete den Sicherungskasten und flutete den Raum mit Licht. Luigi blickte sich um. Alles war aufgeräumt. Nichts deutete darauf hin, dass das Restaurant eigentlich geschlossen war. Es hätte auch für die übliche Reinigung so hergerichtet sein können, wäre da nicht die Staubschicht auf allem.

Rechts neben dem Tresen führte eine Tür ins Herzstück der Pizzeria, der Küche. Auch sie war nun hell und mit künstlichem Licht geflutet. Der Rollladen war komplett unten. Der Duft von Pizza und Pasta lag noch immer in der Luft. Luigi trat ehrfürchtig hinein. Ein Lächeln lag in seinem Gesicht und seine Augen funkelten. Die Küche war komplett ausgestattet mit allem was man für Pizzen und Pasta brauchte. In der Ecke standen ein Steinofen und ein großer Gasherd. In der Mitte die Anrichte. Auf der rechten Seite waren Schränke mit Geschirr und Utensilien und auf der linken Seite Kühlschränke.

Das Warenlager, das wusste Luigi, war im Keller untergebracht.

„Hier, die Schlüssel…!"

Guiseppe hielt Luigi einen Bund Schlüssel entgegen. Jetzt erst sah er, dass der alte Pizzabäcker a.D. Tränen in den Augen hatte. Luigi war sichtlich gerührt und nahm Guiseppe in den Arm.

„Das ist dein Laden. Deine Seele wird immer weiterleben in diesen Wänden. Ich führe es nur fort!", flüsterte Luigi Guiseppe ins Ohr.

Guiseppe klopfte Luigi auf den Rücken, löste sich aus der Umarmung, nahm ein Taschentuch aus seiner Hosentasche und entledigte sich dem Anfall von Melancholie.

„So und nun wird gefeiert! Du, Ich und deine Familia!"

Guiseppe hatte wieder ein Lächeln im Gesicht und diesen schelmischen Blick als sie das Licht löschten und das Restaurant verließen.

Das alte Restaurant von Guiseppe Alto, das „Don Vito" lag im Ortsteil Gardola von Tignale. Hier war das touristische Zentrum der Gemeinde, die sich vom See hinauf bis auf etwa 600 Metern zog und auf mehrere kleinen Gemeinden verteilte, wobei die meisten Hotels und Ferienwohnungen in den Ortsteilen Gardola und Oldesio lagen. Die Gemeinde gehörte zur Lombardei und lag an der Westseite des Gardasees. Hier im nördlichen Teil war es zu beiden Seiten wesentlich felsiger und oftmals musste man die Uferstraßen durch viele lange und schmale Tunnels passieren. Der See war an diesen Stellen ein Paradies für Surfer und Segler. Hier herrschten die besten Winde, während es im Süden meist wärmer und ruhiger war. Ruhiger aber auch nur in Bezug auf Surfer und Segler die dort nicht zu finden waren.
Gardola hatte zwar Unmengen an Hotels, Apartments und Ferienwohnungen, jedoch für die Anzahl der Gäste zu wenig gastronomisches Angebot. Hier wollte Luigi Fuß fassen und seinen Traum verwirklichen. In den vielen Urlauben, die er bereits hier verbrachte, war es immer sein Traum gewesen, irgendwann einmal ganz am Gardasee zu verweilen und seinen Lebensabend zu verbringen. Dass es in Form eines Restaurants sein sollte, hatte sich erst im letzten

Urlaub ergeben. Dort hatte er Guiseppe erst näher kennengelernt. Dieser hatte ihm dann die Sache mit seinem alten Restaurant schmackhaft gemacht. Seitdem war Luigi Feuer und Flamme gewesen und fest entschlossen, seinen Traum vom Umzug nach Italien schneller als ursprünglich geplant durchzuziehen.

Luigi Schifferle hatte kurzerhand den Innenminister gebeten seinen Beamtenstatus aufzuheben und ihn aus dem Polizeidienst zu entbinden. Natürlich über seinen Vorgesetzten. Dieser war anfangs nicht sonderlich begeistert, stimmte aber nach mehreren Gesprächen doch zu. Er handelte sogar eine Sonderzahlung aus und sicherte ihm zu, sollte die Auswanderung schiefgehen, ihn jederzeit wieder aufzunehmen.

Das jedoch hatte Luigi unter keinen Umständen vor. Trotzdem bedankte er sich für das Angebot. Er hatte sich etwas in den Kopf gesetzt und war fest entschlossen, es auch umzusetzen. Für ihn gab es kein Zurück mehr in sein altes Leben.

14

Ein Fehler mit Folgen

„Sie müssen sofort die Maschine wenden und zurück zum Flughafen nach Stuttgart…!"

Dimitri Arkim hatte kalten Schweiß auf seiner Stirn. Seine Stimme war fest, jedoch machte sich Panik in ihm breit. So etwas war ihm noch nie passiert.

Ausgerechnet ihm. Wie konnte er so etwas nur übersehen. Dimitri wusste was passieren würde, sollte sich auch das Mädchen an ihn erinnern. Dies musste er jetzt unter allen Umständen verhindern.

„Sie müssen umdrehen! Ich muss zurück nach Stuttgart!" redete er aus einer Mischung von englischem und türkischem Akzent auf den Piloten ein.

„Das ist leider nicht möglich. Der Flughafen in Stuttgart wurde aufgrund einer Bombendrohung bis auf weiteres gesperrt. Sie können froh sein, wenn wir den deutschen Luftraum überhaupt verlassen dürfen. Alle Maschinen, die aus Stuttgart heraus gestartet sind, haben sich, bis zur Überprüfung durch das Bodenpersonal, im Luftraum zur Verfügung zu halten!"

Der Copilot stand vor Dimitri und schaute ihn mit ernstem Blick an, als er ihm seinen Wunsch nach einer Umkehr ablehnte.

Um kein weiteres Aufsehen zu erregen und den Unmut des Piloten und der Crew zu vermeiden, beließ es Dimitri dabei und nahm stattdessen das Satellitentelefon neben sich.

Maria lag im Bett des Stuttgarter Krankenhauses und hatte verheulte Augen. Seit sie den Mann erkannte, hatte sie keine ruhige Minute mehr gehabt. Ganz zu schweigen von den übrigen Ereignissen der letzten Stunden. Schließlich sah man nicht täglich Blut und irgendwelche Körperteile beim Reinigen eines Zimmers. Auch nicht in einem Hotel.

Es klopfte leise und die Tür öffnete sich einen Spalt. Dr. Löffler lugte erst vorsichtig mit dem Kopf hinein, bevor sie die Tür ganz aufstieß und hineintrat.

Sie war alleine. In der Hand hielt sie eine dampfende Tasse. Sie setzte sich ans Fußende des Bettes und blickte Maria an. Ihre Augen leuchteten und hatten etwas von Wärme und Geborgenheit.

Maria fing wieder an zu weinen. Die Psychologin stellte die Tasse ab und nahm sie in den Arm.

„Da war dieser Mann... Auf dem Gang und... und... und... im Foyer!"

Maria stieß es unter Krämpfen heraus. Sie klammerte sich an die Ärztin und drückte sie fest.

„Welcher Mann...?"

Dr. Löffler wartete geduldig, bis sich Maria ein wenig beruhigt hatte. Dabei streichelte sie ihr immer wieder über die Wangen und den Unterarm. Nachdem Maria einen Schluck des Tees aus der dampfenden Tasse genommen hatte, fing sie an zu erzählen.

Eine viertel Stunde später hatte auch Dr. Löffler verheulte Augen. Maria hatte alles erzählt. Auch was sie über den unbekannten Mann wusste, denn sie Minuten zuvor unter Heulkrämpfen erwähnt hatte.

Die Psychologin verließ kurz darauf das Zimmer und verständigte die Polizei. Sie rief nicht irgendeine Notfallnummer an, sondern direkt die des Leitenden Ermittlers Oberkommissar Martin Schunk.

Dr. Löffler erzählte in wenigen Worten, was ihr Maria vor wenigen Minuten anvertraut hatte.

Martin Schunk war nach diesen Informationen äußerst beunruhigt und ließ sofort eine Streife zum Krankenhaus schicken. Auch er wollte so schnell wie möglich vor Ort sein und versprach, sich umgehend auf den Weg zu machen.

Die kleine Privatmaschine hatte vor wenigen Minuten auf dem Flughafen von Bergamo aufgesetzt und war vor einer Wartungshalle zum Stehen gekommen.

Es war strahlend blauer Himmel. Keine Wolke war am Himmel und die Sonne erhitzte den Asphalt des Flughafens außerordentlich stark.

Neben der kleinen Maschine hielt ein roter Alfa Romeo Guiletta mit schwarzen Scheiben und laufendem Motor. Der Fahrer stieg nicht aus, sondern öffnete nur einen Spalt das Fenster. Aus dem Inneren quoll Rauch heraus und verwirbelte sogleich in der Luft.

Die Tür der Cesna öffnete sich. Der Copilot stieg aus und wartete am unteren Ende. Kurz darauf erschien Dimitri in der kleinen, schmalen Tür. Er blinzelte und hielt sich die Hand als Sichtschutz über die Stirn. Unsicher und wackelig verließ er die Maschine über die schmale Treppe. Er nickte nochmal kurz dem Piloten zu und ging geradewegs auf den Alfa zu.

Der Copilot verließ seine Position, ging zum hinteren Teil der Maschine und öffnete eine kleine Lucke. Dort zog er den Koffer von Dimitri hinaus und schob ihn zum Wagen. Noch immer war der Fahrer nicht ausgestiegen. Jedoch stieg weiterhin Qualm aus dem inneren des Alfa Romeos. Bei Näherkommen stieg dem Copiloten der unangenehme Geruch einer Zigarre in die Nase. Er rümpfte diese und verzog leicht das Gesicht. Dimitri hatte mittlerweile den Kofferraum geöffnet und wartete. Ohne ein Wort wuchtete der Copilot den Koffer hinein und stieß ihn wieder zu.

„Vielen Dank. Es war ein sehr angenehmer Flug mit Ihnen. Ich werde Sie weiterempfehlen!"

Dimitri nickte dem Copiloten zu, warf noch einmal einen Blick auf die Cesna, von wo der andere Pilot ihm zuwinkte. Bevor er im Fond des Alfas verschwand, gab er dem Copiloten die Hand und drückte ihm einen hundert Euro Schein in die Hand.

So schnell der rote Guiletta kam, so schnell verschwand er auch wieder.

Vor dem Stuttgarter Krankenhaus fuhren mehrere Polizeiwagen vor. Dies war für ein Krankenhaus meist nichts Ungewöhnliches und fiel deshalb auch nicht weiter auf. Mit einiger Verzögerung hielt auch ein dunkler VW Passat hinter den Wagen. Der Fahrer stieg aus und ging kurz zu einem der Polizeiwagen, bevor er im Inneren des Krankenhauses verschwand.

Die Fahrzeuge entfernten sich daraufhin und bogen Richtung Notaufnahme ab.

15

2 Leichenwagen mit tödlichem Zwischenfall

Friedhelm und Gudrun standen beide am großen Panoramafenster ihrer Ferienwohnung und blickten hinaus. Der sonst so schöne Monte Baldo, das höchste Bergmassiv am Gardasee, war wenn überhaupt nur zu erahnen. Der Blick reichte momentan nur bis zum Haus was unmittelbar vor ihnen im Hang lag. Der Regen hatte die Aussicht auf ein Minimum eingeschränkt. Riesige Wolken quollen immer und immer wieder von der Seeseite her. Es sah mitunter sehr bedrohlich und gespenstig aus. Meist jedoch war solch ein Naturschauspiel, gerade zu dieser Jahreszeit, von kurzer Dauer. Schon bald würde der Regen nachlassen und die Wolken so schnell sie gekommen waren, auch wieder verschwinden.

Am rechten Rand, der steilen Straße erschienen zwei Fahrzeuge. Friedhelm erblickte sie zuerst. Es waren Kastenwagen, oder nein, es waren Leichenwagen. Genau zwei Stück. Auch Gudrun hatte sie nun entdeckt. Sie zuckte merklich zusammen und starrte auf den kleinen Konvoi, der sich die Straße hochquälte.

„Wie gespenstig… der Regen… das Gewitter… die Wolken… und dazu die beiden Leichenwagen!"

Friedhelm nickte nur und schaute ebenfalls gebannt auf die beiden Fahrzeuge.

Kurz darauf waren sie verschwunden. Nur das Motorengeräusch hallte noch einige Sekunden nach.

„Ob da jemand drin gelegen hat?", fragte Gudrun mehr sich selbst.

„Mhhhh… möglich! Es war nichts zu erkennen!", entgegnete Friedhelm.

„Hoffentlich niemanden den wir kennen…!"

Friedhelm sah seine Frau an und schüttelte nur den Kopf. Meist war es ihm unerklärlich, wo sie solche Sätze hernahm.

Beide wanden sich vom Fenster ab und setzten sich an den Esstisch in der Mitte des Raumes. Friedhelm nahm sogleich die Fernbedienung des Fernsehers und schaltete ihn ein. Die Ferienwohnung verfügte über Satellitenfernsehen und somit auch über deutsche Kanäle.

Gudrun erhob sich nach wenigen Minuten wieder und ging zur Küchenzeile.

„Ich mach dann mal was zu essen. Es gibt Spaghetti mit Tomatensoße."

Friedhelm blickte gar nicht erst auf, sondern kommentierte die Ansage seiner Frau mit einem stummen Kopfnicken.

„Soll ich auch noch einen grünen Salat dazu machen?"

Wieder kam nur ein stummes Kopfnicken. Friedhelm schaute K11 und hatte für die Fragen seiner Frau keine Zeit auf ausschweifende Antworten. Ein Nicken musste reichen.

Gudrun kommentierte die Art ihres Mannes mit einem leisen „mhhhh" gefolgt von einem Grummeln und fing an den Gasherd zu befeuern.

Eine halbe Stunde später stand alles auf dem Tisch ihrer Terrasse. Mittlerweile hatte sich das schlechte Wetter verzogen und die Sonne wieder die Herrschaft übernommen. Keine Wolke war mehr am Himmel zu sehen. Es schien als sei nie etwas gewesen.

Die beiden Leichenwagen bogen auf die Autostrada in Richtung Verona. Im Inneren der beiden waren Ahmet und Emine Dardelen das türkische Ehepaar. Eigentlich sollten sie längst am Flughafen in Verona sein, aber eines der Fahrzeuge hatte beim Beladen vor einigen Tagen die Ladehilfe am Ort des Geschehens liegenlassen und so nahmen sie den Umweg über Tignale. Über die Autobahn in Riva wären sie wesentlich schneller in Verona gewesen. So quälten sich die beiden Wagen die schmale Straße am Gardasee entlang.

Der Flieger der Türkish Airlines, welche beide zurück in die Türkei überführen würde, ging eh erst am nächsten Tag. Die Hinterbliebenen des Ehepaares hatten versucht, den Transport bereits unmittelbar nach dem Vorfall durchzuführen. Der Muslimische Glaube besagt, dass eine Bestattung innerhalb von 24, maximal 48 Stunden Stunden zu erfolgen hatte. Dem widersprach allerdings der leitende Staatsanwalt in dieser Sache, der zunächst eine Obduktion anordnete und die beiden sterblichen Überreste erst an diesem Morgen freigab zur Bestattung.

Die beiden Wagen fuhren, ungewöhnlicher Weise, sehr diszipliniert und vorsichtig am See entlang. Die meisten Italiener waren da nicht ganz so anständig, weshalb es oft zu Unfällen kam. Auf Höhe der Ortseinfahrt von Gargnano, kurz vor Ende des Tunnels, kam den beiden der schwarze Alfa Romeo Guiletta aus Bergamo entgegen. Er fuhr mit überhöhter Geschwindigkeit und hatte Mühe die Spur zu halten. Auf Tunnelhöhe verlor der Guiletta dann die Kontrolle. Er schleuderte quer über beide Spuren und prallte zunächst gegen den ersten Leichenwagen. Dieser hatte keine Chance auszuweichen und knallte frontal in den Alfa. Durch den starken Aufprall löste sich der Sarg und schoss durch die Trennwand nach vorne. Der Fahrer wurde dadurch von seinem Sitz gerissen und schleuderte zusammen mit dem Sarg durch die Frontscheibe, die ihm dabei den Kopf abtrennte. Sarg und Körper landeten erst auf dem Alfa, bevor sie dort abprallten und gegen die Tunnelmauer flogen. Der Kopf flog direkt im hohen Bogen über den Wagen und landete am Tunneleingang.

Der zweite Leichenwagen, der für italienische Verhältnisse mit einigem Abstand zu dem ersten Wagen fuhr, konnte ebenfalls nicht mehr rechtzeitig bremsen und fuhr mit großer Wucht auf die beiden

Fahrzeuge auf. Durch diesen Aufprall wurden die bereits schwer beschädigten Fahrzeuge abermals verschoben, sehr zum Nachteil des Alfa Fahrers der schwer verletzt im Guiletta hing. Er hatte neben einer blutenden Kopfverletzung, noch einen offenen Bruch am linken Bein und blutete unterhalb der linken Rippe, wo sich ein Teil der Frontscheibe hineingebohrt hatte.

Durch die Wucht des Aufpralls des zweiten Leichen-wagens nun wurde der Fahrer ebenfalls durch die Scheibe geschleudert. Dabei ritzten Teile der zerstörten Frontscheibe sich in den Hals und er-wischten die Halsschlagader. Diese platzte auf und das Blut schoss in einer Fontäne heraus. Er schlug auf den Asphalt auf und wurde von dem zweiten Leichenwagen erfasst, überrollt und mitgeschleift.

16

Kopfschmerzen sind das kleinste Übel

Das Aufgebot an Polizei vor und im Stuttgarter Krankenhaus glich dem eines Staatsbesuches.

Die Station auf der Maria Zeflevkova lag, war komplett abgeriegelt und jeder Kranke wurde derzeit durch Beamte überprüft.

Vor dem Zimmer waren bereits zwei Polizisten in Zivil postiert die jede Person, selbst das Krankenhauspersonal, überprüften, bevor diese zur Patientin durften. Die beiden anderen Patientinnen, welche auch im Zimmer untergebracht waren, hatte man kurzerhand auf eines der anderen Zimmer verlegt.

Frau Dr. Löffler saß auf einem Stuhl in der Ecke des Zimmers und war mit ihrem Smartphone beschäftigt. Maria schlief und bekam von alledem nicht viel mit. Man hatte ihr ein Beruhigungsmittel verabreicht, was sie seitdem schlafen ließ.

Oberkommissar Schunk saß in diesem Augenblick im Stationszimmers des Leitenden Oberarztes.

Luigi brummte der Schädel. Er wusste nicht mehr genau wie er in seine kleine Wohnung gekommen war und vor allem wann. Das letzte, an das er sich erinnerte war eine große Flasche selbstgebrannten italienischen Grappa von Guiseppe, den dieser nach dem

Essen auf den Tisch stellte. Zuvor hatten sie aber bereits mehrere Flaschen Bardolino und eine halbe Flasche Ramazzotti geleert. Das Essen was Guiseppe gezaubert hatte war wie immer unbeschreiblich gewesen. An das erinnerte sich Luigi wieder sofort. Es waren Tagliatelle mit einer Senfsahne Soße und Riesenscampi gewesen. Zuvor gab es Pizza. Den Schluss bildete ein selbstgemachtes Tiramisu.

Seine Frau hatte bis zum Grappa ordentlich mitgefeiert, sich dann jedoch verabschiedet und war zu Bett gegangen.

An all dies konnte sich Luigi Schifferle erinnern. Nur nicht an die Zeit nach dem Grappa. Der selbstgebrannte von Guiseppe hatte es wahrlich in sich gehabt. Er stand im Bad und schaute in den Spiegel. Luigi sah grauenvoll aus. Das war immer so, wenn er gefeiert hatte.

Eine viertel Stunde später stand er geduscht und angezogen in seiner kleinen Küche am Fenster und blickte hinaus. Kaffeeduft lag in der Luft. Luigi hatte sich gleich eine ganze Kanne aufgestellt. Er wollte heute unbedingt noch einmal zu Guiseppe und in sein zukünftiges Restaurant. Nach Riva del Garda wollte er auch noch. Er brauchte dringend ein Auto. Da seiner ja Totalschaden war und auch so schnell nicht mit Ersatz zu rechnen war, seitens der Versicherung, musste eine andere Lösung her. Er wollte sich in Riva del Garda bei einigen kleinen Händlern mal umschauen.

Vielleicht hatten diese etwas Günstiges auf dem Hinterhof, was noch fahrbereit war und nicht viel kosten sollte.

Oberkommissar Martin Schunk saß noch immer im Zimmer des Leitenden Oberarztes. Dieser ließ ihn noch immer warten und so stand er auf und schaute aus dem Fenster im 5. Stock. Sein Blick schweifte über den Park des Krankenhauses.

Dieser war menschenleer. Gerade hatte Regen eingesetzt. Die Wolken lagen wie eine Glocke über Stuttgart. Er war sich sicher, dass es außerhalb von Stuttgart paradiesisch war und die Sonne vom Himmel lachen würde.

Ein leises Räuspern holte ihn zurück. Er drehte sich um und schaute in die Augen von Doktor Gabrielle Ammerschläger. Der Oberarzt war eine Ärztin.

„Guten Tag Herr…?"

„Schunk, Oberkommissar Schunk!"

Sie gab ihm die Hand. Es war ein warmer, zarter Händedruck.

Die komplette Straße zwischen Gargnano und Tignale war gesperrt. Die örtliche Polizei war seit wenigen Minuten vor Ort und hatte alles veranlasst. Fahrzeuge, welche im Tunnel waren, mussten umkehren oder rückwärts wieder rausfahren. Man rechnete schon jetzt mit einer längeren Angelegenheit.

Ein dunkelblauer Wagen mit Blaulicht näherte sich mit hohem Tempo aus Richtung Tignale. Im inneren des Fahrzeuges saßen Di Gallo und Botatzi. Sie waren gerade unterwegs zurück in die Questura, als sie die Meldung bekamen und drehten wieder um. Es war besonders ärgerlich, da sie vor knapp einer Stunde schon einmal durch diesen Ort gefahren waren. Sie hatten ihr Revier bereits sehen können, als sie wieder umdrehen mussten. Im Tunnel herrschte Chaos. Viele der Autos hatten noch im Tunnel gewendet. Zu dieser Zeit befanden sich allerdings noch ein Lastkraftwagen, sowie zwei Reisebusse im Tunnel. Diese konnte unmöglich wenden und hatten ihre liebe Müh rückwärts hinaus zu kommen.

Als Botatzi und Di Gallo am Ort des Unglückes ankamen, bot sich ihnen ein grauenhaftes Bild. Sie erblickten gleichzeitig den Sarg, sowie einen leblosen Körper auf dem Boden. Überall waren Scherben und bei genauem Hinsehen war überall Blut. Beide stiegen aus dem Auto. Die Gallo fing sogleich an zu würgen und musste sich abwenden. Botatzi ging langsam näher.

„Du wirst nicht glauben Stefano, aber es sind alte Bekannte!", wurde Botatzi von einem Mann in einem weißen Papieranzug begrüßt.

„Wo kommst du denn schon her Umberto? Und warum alte Bekannte?"

Umberto hieß mit vollem Namen Dottore Umberto Mascherato, war Pathologe und der Kollege von

Scalia. Er war 44 Jahre alt, verheiratet und hatte vier Kinder. Das jüngste war gerade einmal 2 Jahre, das älteste bereits 18 und wohnte schon nicht mehr zu Hause. Botatzi kannte Umberto schon sein halbes Leben. Sie lernten sich einmal auf einem Kongress in Neapel kennen, als beide erst kurz bei der Polizei waren. Damals war Umberto noch in der Ausbildung zum Polizisten, entscheid sich aber kurz darauf um und schlug die des Arztes ein. Er hatte lange Zeit in Turin am Krankenhaus praktiziert. Erst vor kurzem bekam er die Assistenzstelle hier am Gardasee angeboten und nahm sie direkt an. Es war wesentlich ruhiger und entspannter als in Turin. Sicher gestorben wird immer und überall. Langweilig wird es nie, aber dennoch ist es entspannter als im hektischen Turin, wo statistisch gesehen alle paar Minuten immer jemand stirbt.

Botatzi freute sich, wenn Umberto am Tatort war. Er war ihm wesentlich lieber als diese Scalia.

„Die Scalia hatte sie bereits auf dem Tisch! Die in der Kiste meine ich!"

Stefano Botatzi schaute irritiert. Umberto unterbrach seine Arbeit an der kopflosen Leiche und ging auf Stefano zu.

„Na, die beiden Särge dort. Die kommen direkt aus der Pathologie. Wurden gestern erst freigegeben und sollten in die Türkei!"

„In die Türkei? Sind das etwa…?"

Stefano schaute abwechseln Umberto und die Särge an. Dabei fiel ihm auch die Kopflose Leiche auf, die er bis jetzt nicht registriert hatte. Wie aus dem nichts musste auch er jetzt würgen. Er drehte sich zur Seite und schaute in die weitaufgerissenen Augen des dazugehörigen Kopfes. Er würgte zum wiederholten Male.

Di Gallo hatte sich wieder ein wenig gefangen. Mit einem großen Taschentuch vor dem Mund stand er am Tunneleingang und beobachtete das Geschehen seiner Kollegen. Er hatte bereits bei Ankunft die umherliegenden Leichenteile registriert und musste erst einmal an die frische Luft außerhalb des Tunnels. Er hatte schon damals während der Ausbildung an der Akademie Probleme mit Blut und Leichen. Besonders die stark entstellten. Er kannte nur wenige Kollegen, die bei solch einem Anblick noch ein komplettes 5-Gang Menü essen konnten. Er gehörte jedenfalls nicht dazu und sein Commissario wohl auch nicht, wie er gerade feststellen konnte.

Botatzi tauchte neben Di Gallo auf. Kreidebleich und ebenfalls mit einem Taschentuch vor dem Mund. Er rang hörbar nach Luft.

„Was ist hier nur plötzlich los? So viele Tote innerhalb 48 Stunden, hatten wir die letzten 10 Jahre nicht!" sagte Botatzi mit leicht belegter Stimme.

Di Gallo schaute nur auf den See und nickte.

17

Oben war Sonne, unten der Tod

Die Presse hatte schnell Wind von der neuerlichen Serie an Toten am Gardasee bekommen. Innerhalb kürzester Zeit waren mehrere Journalisten am Ort des Geschehens und versuchten ihre Story für die Abendnachrichten zu bekommen. Nicht nur italienische Medien waren an der Geschichte interessiert, auch aus Deutschland und den Niederlanden waren welche vor Ort. Die Polizei schirmte aber alles weiträumig ab, so dass nicht einmal die Presse an nennenswerte Informationen oder Bildmaterial herankommen konnte.

Auch in der Türkei kam die Meldung schnell an. Der Hüyriet hatte aus einer sicheren Quelle erfahren, dass es sich bei dem Unfall um den Transport der Landsleute handelte, die Tage zuvor aus noch unerklärlichen Gründen in ihrem Haus erschossen wurden. Die Geschichte schlug bereits schon da große Wellen, da man hier von Seiten der Türkei an einen Anschlag der PKK dachte oder an regierungsfeindliche Gegner. Als dann auch noch die italienischen Behörden die sterblichen Überreste nicht freigaben, vermutete man sogar eine Verschwörung seitens Italiens gegenüber der Türkei.

Die Beziehungen zu Europa waren seit der Flüchtlingskrise und den anhaltenden Unruhen in dem Land sowieso sehr angespannt.

Der türkische Präsident entschied daher eine Ermittlungskommission nach Italien zu entsenden, um die Umstände schnell zu klären. Bereits eine Stunde nach Bekanntwerden war eine Sondermaschine mit Mitgliedern der Regierung auf dem Weg nach Verona.

Die Muckels bekamen davon nichts mit. Gudrun hatte ihren sonst so medieninteressierten Ehemann dazu überreden können, in das nahegelegene Freibad zu gehen.

Nach dem Unwetterartigen Regen, hatte sich der Himmel schnell aufgeklart und jetzt brannte die Sonne nur so vom Himmel. Kein Lüftchen war mehr zu spüren.

Beide lagen auf der Wiese im hinteren Bereich. Während Gudrun einen Rita Falk Roman las, lag Friedhelm neben ihr und … schnarchte! Sein Schnarchen glich aber eher dem Abholzen des heimischen Waldes. Mehrere umherliegende Badegäste schauten irritiert zu den Muckels rüber. Die anwesenden Kinder dagegen kicherten.

Als Gudrun es merkte, rammte sie ihren Ellenbogen in die Rippen von Friedhelm. Dieser erwachte mit einem lauten Grunzen.

„Es ist mal wieder peinlich mit dir! Die Leute schauen schon und die Kinder lachen dich aus!"

„Na und! Lass sie doch alle. Ich habe Urlaub!",
erwiderte Friedhelm schläfrig und machte Anstalten
wieder zu seinem Wald zurückzukehren und da
weiterzumachen womit er kurz zuvor so unsanft gestört wurde.

Gudrun verzog ihre Mundwinkel. Ihre Stirn rötete sich
und die Halsschlagader trat hervor. Sie legte das Buch
zur Seite.

„Lassen Sie Ihn ruhig. Das ist doch nicht schlimm! Es
ist ja nichts passiert."

Gudrun blickte irritiert zur Seite und schaute direkt in
das schelmische Gesicht von Luigi Schifferle. Für
einen Moment war sie kurz davor zuerst ihm die
Meinung zu sagen, bevor sie Friedhelm nochmal zur
Rede stellen wollte.

Sie fing aus unerklärlichen Gründen an zu lachen.

„Ja, Sie haben wohl Recht, Herr…?"

„Schifferle, Luigi Schifferle!"

„Angenehm. Mein Name ist Gudrun Muckel! Wir
machen Urlaub hier und haben eine Ferienwohnung
im Ort. Ach so, der Förster neben mir ist mein Mann
Friedhelm!"

Sie musste lachen. Luigi lächelte ebenfalls. Er fand sie
auf Anhieb sympathisch. Und schlecht sah sie nicht
aus in ihrem knappen Bikini.

Friedhelm bekam von alledem nichts mit. Er war
bereits wieder dabei den heimischen Hunsrücker Wald
zu roden. Beide erhoben sich und gingen zum Kiosk.
Dort standen eine Reihe von Tischen und beide

setzten sich. Luigi holte einen Aperol und einen Hugo vom Bistro.

„Und sie sind wirklich einfach hierher ausgewandert? Einfach alles aufgegeben in Deutschland und mir nichts, dir nichts hierhin?"

Luigi nickte und zog an seinem Aperol, der rot in der Sonne schimmerte.

„Ja, ich habe alles aufgegeben. Ich habe mein halbes Leben immer meinen Urlaub hier verbracht. Sie müssen wissen, ich habe italienische Wurzeln und wollte einfach wieder zurück."

Friedhelm regte sich nicht. Er schlief noch immer und rodete kräftig weiter.

„Ich habe einige Jahre in Stuttgart gelebt. Und viele Jahre in Simmern im Hunsrück", sagte Luigi ein wenig verlegen.

Gudrun musste lächeln. Aus dem lächeln wurde ein herzhaftes Lachen. Es wurde so stark, dass ihre Augen tränten.

„Bitte entschuldigen Sie! Ich musste so lachen wegen den absurden Umständen. Er hat irgendwie etwas Lustiges. Diese Mischung aus Schwäbischen und Italienischem. Und dann auch noch die Tatsache, dass sie in Simmern gewohnt hatten. Wir kommen ebenfalls aus dem Hunsrück, aus Bell. Wie klein die Welt doch ist!"

Gudrun lachte noch immer, beruhigte sich aber langsam wieder.

„Meine Eltern wollten mir etwas Besonderen mit auf den Weg geben und dachten so einen Schönen altdeutschen Namen wäre genau das richtige für das Kind! Damals in den Siebzigern war alles noch ein wenig anders. Da gab es noch Namen, die kennt die heutige Jugend gar nicht mehr.", erzählte Gudrun nun.

Jetzt musste Luigi grinsen. Der Name passte eigentlich zu einer Dame fernab des Rentenalters, aber sicherlich nicht zu einer hübschen Frau in den besten Jahren. Beiden schauten sich an. Gudrun wendete als erstes ihren Blick ab. Sie sah zu Friedhelm der aufgewacht war und sich suchend umblickte. Sie winkte hinüber und erhob sich.

„Vielen Dank für den Hugo! Und auch für Ihre angenehme Gesellschaft!"

Gudrun lächelte Luigi noch einmal zu und machte sich auf zurück zur Wiese.

„Werden wir uns wiedersehen?"

Sie blieb stehen und blickte zurück.

„Mal schauen! Vielleicht!"

Sie lächelte noch einmal und ging dann schnellen Schrittes zurück. Luigi blickte ihr hinterher. Auch er erhob sich, ging aber nicht wieder zurück zur Wiese, sondern zum Ausgang und verließ das kleine Schwimmbad.

Noch immer war die Uferstraße gesperrt. Wie lange es noch dauern würde, wusste im Augenblick niemand. Die Spurensicherung war noch immer damit beschäftigt, alles zu sichern. Mittlerweile waren auch der Notarzt, sowie ein Krankenwagen vor Ort. Sie hatten alle Hände voll zu tun. Dabei ließen sie den Fahrer, welcher den Kopf auf tragische Weise verloren hatte, genauso außer Acht, wie den mitgeschleiften unter dem Leichenwagen. Beide waren unverkennbar tot. Nicht so die anderen beteiligten. Der Fahrer des zweiten Leichenwagens war eingeklemmt. Die Feuerwehr war noch nicht da, um zu helfen. Sie steckte im Tunnel fest, wo noch immer einige Fahrzeuge versuchten zu wenden. Und so versuchte einer der Sanitäter den Mann so gut es ging zu versorgen. Der weitere Insasse des Alfa Romeos konnte mit Hilfe der Polizei und des Arztes aus dem Fahrzeug geborgen werden. Dieser lag auf dem Boden und wurde erstversorgt. Es war der Beifahrer. Mehr als ein paar Knochenbrüchen, sowie Schnittwunden schien er jedoch nicht zu haben. Von Dimitri, welcher im Fond saß, fehlte jede Spur. Nur die angelehnte Tür deutete für ein geschultes Auge darauf hin, dass hier noch eine Person gewesen sein musste.

Botatzi und Di Gallo standen noch immer etwas abseits. Der Pathologe hatte sich gerade zu Ihnen gesellt, um ihnen weitere Details und Informationen zukommen zu lassen.

„Also wie bereits gesagt, sind die beiden sterblichen Überreste in den Leichenwagen, das türkische Ehepaar. Ihr wart doch beide vor ein paar Tagen vor Ort!?", sagte Umberto und biss in ein Panini.

„Ja, das stimmt. Wir hatten das Vergnügen, zusammen mit deiner Chefin!", erwiderte Botatzi.

„Und die neu hinzugekommenen?", fragte Di Gallo.

„Tja, das ist nicht so einfach. Der kopflose dürfte eindeutig der Fahrer des einen Leichenwagens sein. Das verrät schon seine Kleidung. Das Unternehmen hat Dienstkleidung. Der Andere...!"

Dottore Mascherato machte ein sehr nachdenkliches Gesicht.

„Das kann ich euch noch nicht sagen. Ich denke mal der andere wurde aus dem Alfa hinausgeschleudert. Aber 100% weiß ich das noch nicht. Identität noch ungeklärt. Eure Kollegen sind aber bereits dabei die Spuren zu sichern."

Botatzi wagte einen Blick zum Ort des Geschehens. Nur kurz, da er wieder dieses würgen verspürte.

„Ist dir sonst noch etwas Außergewöhnliches aufgefallen Umberto?"

„Die Person, die vermutlich aus dem Alfa hinausgeschleudert wurde, hat mehrere Tätowierungen. Viele dieser sind typisch für osteuropäische Syndikate. Aber genaueres kann ich dir erst nach der Obduktion sagen. Ich ruf dich an, wenn ich was weiß."

Mit diesen Worten verließ Umberto die beiden, gab den wartenden Fahrern der neuen Leichenwagen ein Zeichen und ging zu seinem Wagen. Zwei Minuten später war er verschwunden. Botatzi und Di Gallo standen noch immer am Rand. Beide blickten wieder auf den See.

„Di Gallo, besorgen sie uns doch einmal die Akten des türkischen Ehepaars. Die müssten noch bei Matteo liegen. Die Scalia hat sie ihm glaube ich gegeben."

Di Gallo nickte bloß. Nur selten sagte er etwas. Er war kein Mensch großer Worte. Das mochte Botatzi so an ihm. Ein ruhiger Sergente der wusste was zu tun ist.

Wenig später waren die Leichenwagen und der Notarzt wieder weg. Die Spurensicherung nahm die letzten Indizien auf. In einiger Entfernung standen bereits mehrere Abschleppfahrzeuge und Mitarbeiter der hiesigen Gemeinde.

Auch ein Fahrzeug der Feuerwehr war seit wenigen Minuten vor Ort, um die Öle und Flüssigkeiten zu binden. Der zweite hatte gerade die eingeklemmte Person aus dem Fahrzeug geschnitten, welche nun bereits im Krankenwagen war.

Entlang des Ufers konnte man das Verkehrschaos sehen. Zu beiden Seiten hatten sich kilometerlange Staus gebildet, die versuchten nun über die Passstraßen zum Ziel zu kommen. Für die großen Fahrzeuge wurde es schwer. Für sie gab es kaum Möglichkeiten auszuweichen. Die Straßen weiter oben waren zu eng und oftmals mit großen Felsvorsprüngen versehen.

Botatzi und Di Gallo machten sich ebenfalls auf den Weg zurück zur Questura. Sie mussten nicht warten, bis die Straßen wieder frei sein würden. Dies würde ohnehin noch mehrere Stunden in Anspruch nehmen. Auch die Spurensicherung kam ganz gut ohne sie zurecht.

18

Das beschauliche Tignale

Luigi hatte noch rechtzeitig von der Vollsperrung der Gardesana Occidentale, der alten Staatsstraße SS45 erfahren und hatte sich kurzfristig um entschieden den Autokauf zu verschieben. Stattdessen besuchte er das Schwimmbad von Prabione.

Bei diesem Verkehrschaos am Ziel anzukommen, war fast unmöglich. Er kannte die Italiener und deren Fahrweise langsam allzu gut. Und wenn es Chaos an der Uferstraße gab, war die Beste Lösung eine andere Lösung zu finden und die geplanten Aktivitäten zu verschieben.

Nach diesem Besuch war er sogar dankbar, dass die Uferstraße mal wieder unpassierbar war und ein Trip nach Riva del Garda zu einer Weltreise geworden wäre. Sonst hätte Luigi auch niemals Gudrun kennengelernt. Jedenfalls nicht so.

Wer weiß, vielleicht waren sie sich in der Vergangenheit unbedacht schon mehrmals über den Weg gelaufen.

Das zweite Ziel von Luigi war kein Problem. Er hatte sich ja fest vorgenommen nochmals bei Guiseppe und dem „Don Vito" vorbeizuschauen, seinem zukünftigen Restaurant. Er konnte es kaum erwarten zu eröffnen und täglich seine Spezialitäten anzubieten.

Luigi wollte unbedingt eine Verbindung der „Schwäbischen Küche" zur „Italienischen Küche" herstellen und ganz neue Kreationen anbieten. Ihm schwebten Pizzen mit schwäbischen Zutaten vor. Aber auch schwäbische Gerichte mit einer italienischen Note. Das sollte sein Ristorante einzigartig machen und so zu einem Anziehungspunkt für Einheimische und Touristen werden. Vielleicht würde auch das ein oder andere Hunsrücker Gericht auf seiner Karte landen. Auch hier hatte er mehrere Ideen.

Nach einem etwa 20-minütigem Spaziergang war er am Restaurant angelangt. Guiseppe stand schon vor der Tür und erwartete ihn. In seinen Händen hatte er bereits zwei Gläser Wein.

Gudrun lag wieder bei Friedhelm am Pool des kleinen Schwimmbades. Beide schwiegen sich an. Es war bereits später Nachmittag und so langsam leerte sich das Bad. Friedhelm brach als erstes das Schweigen.

„Wer war das vorhin?"

„Wo mein Schatz?"

„Na da!"

Friedhelm deutete mit einem Kopfnicken in Richtung Bistro am anderen Ende des Pools. Gudrun, die vertieft in einem Buch las, blickte kurz auf, schaute erst zum Bistro und dann zu Friedhelm, bevor sie wieder in ihr Buch schaute.

„Da ist doch niemand mehr.", sagte sie gedankenverloren.

Friedhelm richtete sich auf und schaute seine Frau ungläubig an.

„Du hast doch vorhin da drüben am Bistro mit einem Mann am Tisch gesessen und dich unterhalten!"

„Ach so… Ja und? Das ist doch nicht verboten! Wir haben uns einen Tisch geteilt, weil alle anderen belegt waren."

„Es war doch nichts los!!! Ihr wart doch die einzigen dort!", sagte Friedhelm jetzt in einem leicht süffisanten Ton.

„Dann war eben nichts los und wir haben uns trotzdem einen Tisch geteilt! Wo ist denn da jetzt das Problem! Man wird sich doch mal unterhalten dürfen, während du hier liegst und den ganzen Hunsrücker Wald am Abholzen bist!", entgegnete Gudrun nun in einem schärferen Ton.

Friedhelm winkte ab. Ihm wurde die Unterhaltung jetzt etwas zu „stressig"

„Nichts, alles prima! Wollte nur wissen wer es war! Ist nicht wichtig!"

Er legte sich wieder hin und blickte zum Himmel, während Gudrun ihre Augen verdrehte und weiter im Buch las.

Kurz darauf packten auch die Muckels zusammen und machten sich auf den Weg zurück zu ihrer Ferienwohnung, etwas oberhalb von Prabione. Die Straßen und Gassen waren jetzt fast leer. Nur noch wenige Urlauber und Einheimische liefen herum. Überhaupt war der Ort ein Geheimtipp. Hier waren nur einige

Ferienwohnungen und ein kleines Hotel. Man hatte einen wunderschönen Blick auf den See, sowie das Monte Baldo Massiv. Es war auch nie zu warm, da auf dem Plateau immer ein Lüftchen ging. Also ein perfekter kleiner Ort, fernab des touristischen Rummels am See, ohne auf die Schönheiten verzichten zu müssen.

Dimitri hatte es geschafft unbeobachtet den Alfa zu verlassen und sich von der Unfallstelle zu entfernen. Niemand hatte ihn gesehen. Es war ihm gelungen sich direkt hinter dem Tunnel in die Büsche zu schlagen. Hier hatte er erst einmal verharrt und beobachtete das Geschehen. Sein Gepäck musste er bis auf die kleine Tasche vollständig zurücklassen. Im Koffer waren eh nur seine Klamotten. Alles Wichtige hatte er in seiner kleinen Tasche. Seine Waffen, seine Pässe, Geld und Handy. Niemand würde hier nach ihm suchen. Er lag gut versteckt in einem riesigen Busch, der von außen nicht einsehbar war. Von innen heraus konnte er jedoch alles bestens beobachten. So bekam er mit als all die Polizisten, Sanitäter und Feuerwehrleute auftauchten und ihre Arbeit an der Unfallstelle aufnahmen. Er konnte sehen, wie sie die Leichen abtransportierten und die Verletzten versorgten, wie sie den Unfallort absuchten und Spuren aufnahmen. Er konnte das Verkehrschaos sehen, was sich innerhalb kürzester Zeit ausbreitete.

Dimitri hatte den Aufprall im Tunnel auch nicht unbeschadet überstanden. Er hatte wahnsinnige Kopfschmerzen, was wohl an dem Aufprall lag. Er war nicht angeschnallt gewesen und wurde so mit voller Wucht gegen den Vordersitz geschleudert. Dabei schlug er sich das linke Knie an der Kante des Vordersitzes an. Es pochte und war geschwollen. Gebrochen war wohl nichts, jedoch zumindest eine schwere Prellung oder sogar eine Dehnung. Er würde sicherlich Probleme beim Laufen bekommen, besonders, wenn er zunächst einmal durch das unwegsame Gelände und die Hänge versuchen würde zu entkommen. An der Stirn hatte er zudem noch eine kleine Schnittwunde. Diese musste von dem umhergeflogenen Glas der Frontscheibe sein. Er tupfte sich das Blut mit einem Taschentuch ab. Die Blutung war nicht stark. Es konnte sich nur um einen kleinen Kratzer handeln. Sobald es ruhiger werden würde, würde er versuchen nach oben auf das Plateau zu gelangen. Alles Weitere würde er dann schon sehen.

Botatzi und Di Gallo saßen seit wenigen Minuten wieder in ihrem Büro in der Questura. Der Sergente hatte beim Reingehen die Ermittlungsakte der beiden türkischen Leichen bei Matteo geholt. Beide saßen nun am Schreibtisch und waren darin vertieft. Botatzi fand als Erstes das passende Wort.
„Nichts! Keine Berichte der Spurensicherung, keine Angaben über Kaliber und mögliches Motiv! Nicht

mal eine Beschreibung der Opfer! Nur ein Toten-schein und das übliche Protokoll wie nach einem Verkehrsunfall."

Di Gallo schüttelte den Kopf. Beide wussten, dass es nicht ihre Baustelle war. Diesen Fall hatte Matteo auf dem Tisch.

„Bringen Sie die Akte wieder zurück. Aber machen Sie uns eine Kopie! Vielleicht ist es ja doch noch mal von nutzen!"

Di Gallo nickte und verschwand samt Akten. Wenige Minuten später kam er zurück.

„Glück gehabt Commissario! Matteo kam wieder zu-rück. Ich konnte die Akte gerade noch so wieder auf seinen Tisch legen!"

Botatzi schaute auf und lächelte.

„Sehr gut Sergente!"

„Und was machen wir jetzt Commissario? Ich meine vielleicht war es ja nur ein Zufall, heute im Tun-nel…!"

„Ja, vielleicht! Vielleicht war es einfach nur ein dum-mer Zufall, dass die beiden Leichen in einen Unfall verstrickt waren."

Botatzi stand auf, ging zum Fenster und blickte hinaus. Es war dreckig und der Blick nach draußen schon sehr milchig. Er schaute gedankenverloren über die Dächer.

„Es war ein Zufall! Warum sollte jemand mit Leichen einen Unfall provozieren?"

Botatzi drehte sich wieder um und ging zurück zu seinem Platz. Di Gallo saß an seinem Computer und prüfte die Mails. Ganze 3 waren es. Zwei davon waren Werbemails. Diese typischen, die alles versprechen.

Die dritte war vom Verband der Polizeischützen. Es war eine Einladung zur jährlichen Mitgliederversammlung. Er löschte die Werbemails und blickte auf. In diesem Augenblick klingelte das Telefon. Botatzi ging ran.

„Si… Umberto! Si… interessant. Und du bist dir sicher? Si… Wir kommen vorbei! Si… Si… Grazie Umberto… Chiao, bis gleich!"

Als Botatzi den Hörer auflegte, stand Di Gallo bereits an der Tür.

„Es hörte sich an, als wenn unser Leichenfledderer etwas für uns hätte, was interessant sein könnte!?"

„Ja, das könnte es! Er hat etwas über die Tätowierungen der beiden anderen Leichen herausgefunden! Wir sollen vorbeischauen! Ich hoffe nur es ist nicht zu blutig!"

Botatzi und Di Gallo verzogen beide das Gesicht, als sie das Büro verließen. Die Räume der Pathologie waren im nahegelegenen Krankenhaus untergebracht. Sie waren wie so viele Pathologien im Keller. Es war ein Katzensprung und beide legten die etwa 300 Meter zu Fuß zurück. Es war bereits früher Abend. Die Straßen leerten sich und die Touristen verschwanden wieder in den Hotels und Ferienwohnungen.

19

Für jeden der perfekte Wein

Gudrun und Friedhelm saßen seit einigen Minuten auf ihrer Terrasse und blickten über die Dächer auf den Monte Baldo. Vor ihnen stand eine Flasche Bardolino und eine Flasche Limoncello. Das Abendessen hatten beide vor wenigen Minuten beendet. Nun saßen beide schweigend zusammen und genoßen den wunderschönen Blick auf das Bergmassiv sowie den See. Der Himmel war wolkenfrei und färbte sich langsam rot. Durch die noch vorhandene Sonne leuchtete der Monte Baldo mit seinen Kalkformationen in einem besonders schönen Licht. Auf dem See waren zu dieser Stunde noch immer vereinzelt Segler auf dem Wasser. Ab und an war auch nochmal eines der großen Schiffe zu sehen, die noch immer Touristen von einem Ufer zum anderen brachten.

„Einfach nur schön, dieser Ausblick!", sagte Gudrun in die Stille.

„Und diese Ruhe hier. Einfach perfekt.", komplettierte Friedhelm die Gedanken von Gudrun.

Beide nahmen ihr Glas Rotwein, prosteten sich zu und blickten wieder schweigend über die Dächer von Prabione.

Luigi und Guiseppe saßen beide ebenfalls bei einem Glas Wein zusammen. Ihr Blick war allerdings nicht ganz so schön wie bei den Muckels. Sie waren in der Küche des Don Vito. Für beide war es bereits das sechste oder siebte Glas eines doch schweren Merlot aus der Gegend von Venetien. Der Wein zeigte bei Luigi langsam seine Wirkung. Er musste sich bereits an der Arbeitsplatte abstützen, um nicht das Gleichgewicht zu verlieren. Guiseppe hingegen merkte noch nichts von seinem gegorenen Traubensaft. Er stand wie eine Eiche und sinnierte über die alten Zeiten in seinem Restaurant.

„Isch geh jetzscht nach Hause. Isch habe noch nischts gegessen."

Luigi hatte bereits Schwierigkeiten mit der Aussprache. Nicht nur sein Gleichgewichtssinn war in Mitleidenschaft gezogen. Auch sein Sprachzentrum hatte nun merklich Probleme.

„Ich mache dir eine Kleinigkeit. Bleib hier ich geh schnell rüber und hole was!"

Bevor Luigi was sagen konnte, war Guiseppe schon verschwunden. Wenige Minuten später kam er zurück. In seinen Händen hatte er ein Holzbrett, auf dem belegte Brote mit Wurst und Käse gestapelt waren.

„Proscht, du bischt der Beschte Schuseppe!"

Luigi griff sich ein Brot mit Käse und aß beherzt und mit großem Appetit. Auch Guiseppe griff zu, schenkte aber auch nochmals Wein nach.

Luigi hielt noch etwa eine Stunde durch. Dann sank er zusammen und schlief auf der Holzbank ein. Guiseppe holte eine Decke aus der Kammer neben der Küche und deckte ihn zu. Er löschte das Licht und ging nach Hause. Draußen war es bereits finstere Nacht. Die Kirchturmuhr schlug gerade zum zwölften Male. Auf den Straßen herrschte eine gespenstige Stille. Keine Menschenseele war mehr zu sehen. Gardola schien zu schlafen. Vereinzelt leuchteten noch Lichter hinter Gardinen. Die Temperaturen waren zu dieser Uhrzeit noch mehr als angenehm. Am Himmel konnte man Millionen von Sternen beobachten.

Dimitri hatte es trotz einiger Anstrengungen geschafft, das Plateau zu erreichen. Sein Knie war noch immer geschwollen und machte das Auftreten mittlerweile fast unmöglich. Er musste oftmals eine Pause einlegen, um das Knie zu schonen. Nach Stunden durch die steilen Hänge hatte er es endlich geschafft. Nun stand er an der Kirche von Gardola, schweißgebadet und schwer atmend. Er konnte fast nicht mehr auftreten. Jeder Schritt war begleitet von starken stechenden Schmerzen.

Trotzdem schleppte er sich weiter. Er wusste nicht, ob sie nach ihm suchten, oder ob sie überhaupt entdeckt hatten, dass da noch einer im Wagen gewesen sein musste. Sein Handy war ohne Funktion. Vermutlich war der Akku leer. Somit hatte er auch keine Möglichkeit gehabt, über die Medien etwas über den Unfall zu lesen oder zu hören. Da aber wenig bis gar keine Menschen und vor allem Polizei auf der Straße war, ging er davon aus, dass niemand festgestellt hatte, dass eine weitere Person im Alfa gesessen hatte. Dimitri schleifte sich langsam die Straße in Richtung Marktplatz weiter. Als er an Don Vito vorbeikam, blieb er stehen. Er schaute sich um. Nichts und niemand war zu sehen. Auch das Restaurant schien verlassen zu sein. Er ging zur Türe und drückte vorsichtig an ihr. Mit einem leisen „klack" gab sie nach. Dimitri schaute sich nochmals um und horchte. Dann verschwand er unbemerkt im inneren.

20

Zwischenfall im Katharinen Hospital Stuttgart

Auch in Stuttgart war es finstere Nacht.

Nur leider waren die Temperaturen nicht angenehm und der Himmel nicht voller Sterne. Stattdessen regnete es. Es war wolkenverhangen und ungewöhnlich kühl für diese Jahreszeit. Eigentlich sollte es auch hier sehr warm sein. Doch das Wetter machte schon seit einiger Zeit was es wollte.

Das Krankenhaus erstrahlte im grellen Licht. Auf den Straßen waren nur noch vereinzelt Autos zu sehen und zu hören. In der Ferne war ein Martinshorn der Polizei welches sich in hoher Geschwindigkeit fortbewegte. Auch im Krankenhaus war es in dieser Nacht verhältnismäßig ruhig. Kaum Notfälle und bis jetzt keine Neueinlieferung. Es schien eine ruhige Nacht für alle zu werden.

Auch die Station in dem Maria Zeflevkova untergebracht war lag im Dunkeln. Sie wurde noch immer durch zwei Polizisten bewacht, die alle zwei Stunden ausgetauscht wurden. Zum jetzigen Zeitpunkt ging man davon aus, dass der oder die Täter früher oder später durch die Medien erfahren würden, dass eine Zeugin existierte. Wer solch eine Tat begann, tat dies nicht an der puren Lust des Tötens, sondern aus anderen Beweggründen. Alles deutete auf einen Auftragsmord hin. Und ein Auftragsmörder machte seinen Job immer zu 100%. Früher oder später würde er feststellen, dass 20% nicht erledigt waren und noch lebend herumliefen. Auch wenn diese 20% eigentlich nicht eingeplant waren und zu seinem Auftrag gehörten.

Maria schlief unruhig. Bereits mehrmals wurde sie wach und die Schwester musste kommen, um sie zu beruhigen. Der Arzt hatte ihr am Abend noch etwas zum Schlafen gespritzt, aber irgendwie schien es nicht richtig anzuschlagen. Dr. Löffler war bereits seit Stunden nicht mehr da. Sie hatte am frühen Abend die Klinik verlassen und wollte am nächsten Morgen wieder vorbeischauen.

Vor der Klinik im Schatten der Straßenlaterne hielt ein schwarzer BMW mit Münchener Kennzeichen. Der Fahrer löschte das Licht und stoppte den Motor. Es war wieder still. Die Person im inneren des Fahrzeuges machte keine Anstalten auszusteigen.

Stattdessen öffnete sich ein Spalt des Fensters. Aus dem Inneren quoll Rauch nach draußen. Es war der Dunst einer Zigarre, der sich seinen Weg nach draußen bahnte. Die Person blickte am Gebäude entlang. Die Augen konzentrierten sich dabei auf den 5. Stock, der wie alle anderen auch, im Dunkeln lag. Nur die Notbeleuchtung in den Gängen war vereinzelt auszumachen. Das Fahrzeug stand auf einem der vielen Parkplätze des Krankenhauses. Von hier konnte man unbeobachtet verweilen und das gesamte Areal beobachten.

Von hinten näherte sich ein Fahrzeug, welches aber vor der Einfahrt des Parkplatzes abbog und auf den Eingang zusteuerte. Die Person im Inneren des schwarzen BMWs griff auf den Beifahrersitz und holte einen dunklen Gegenstand aus einer Tasche. Es war das Nachtsichtgerät eines Gewehres. Er blickte hindurch und beobachtete zunächst den Eingangs-bereich. Dort stand noch immer das Fahrzeug, ein blauer VW Passat. Der Insasse hatte das Fahrzeug aber verlassen und war ins Innere gegangen. Der Motor schien jedoch noch zu laufen, Qualm stieg vom Auspuff hoch.

Er schwenkte mit dem Fernrohr die Wand entlang in den 5. Stock. Zu sehen war nichts. Alle Fenster lagen noch immer im Dunkeln. Dahinter war auch mit dem Nachtsichtgerät nichts zu erkennen. Es war einfach zu dunkel. Alles schlief! Wieder schwenkte er zum Ein-gang. Der blaue Passat war verschwunden!

„Mist! Wo ist er hin?"

Er hatte nicht aufgepasst. Nichts war mehr zu sehen von dem blauen Passat. Weder am Eingang noch sonst wo auf dem Gelände. Dabei hatte er maximal 20 Sekunden in den 5. Stock geblickt. Er ärgerte sich gerade maßlos über sich. So etwas war ihm noch nie passiert.

Der Fahrer des blauen Passats lenkte sein Fahrzeug durch Stuttgart. Die Landeshauptstadt war zu 90% die ganze Nacht beleuchtet. Der Verkehr hatte sich aufgelöst. Wo sonst tagsüber Unmengen an Fahrzeuge die Straßen verstopften, war um diese Uhrzeit nichts mehr los. Überall herrschte freie Fahrt. Nur sehr wenige Fahrzeuge waren jetzt noch unterwegs.

Oberkommissar Schunk fuhr langsam die Straße am Milaneo entlang. Sein Ziel war Leinfelden, ein Stadtteil außerhalb von Stuttgart in der Nähe des Flughafens an der A8 gelegen. Nachdem Maria mehrmals die Nacht wach wurde, hatte man ihn informiert. Er entschloss sich darauf, nochmals im Krankenhaus vorbeizuschauen. Irgendetwas in ihm sagte ihm, dass es besser sei sie daraus zu holen. Er informierte die Klinik und die Wache. Natürlich hatte er auch den leitenden Staatsanwalt, sowie seine Dienststelle über sein Vorgehen informiert. Die uniformierten Beamten verblieben vor Ort, um kein weiteres Aufsehen zu erregen. Niemand sollte etwas bemerken.

Aufgeregt rutschte er auf seinem Sitz hin und her. Wieder und wieder schaute er in sein Nachtsichtfernrohr und beobachtete den Eingang und den 5. Stock. Aber nichts rührte sich mehr. Seit der blaue Passat verschwunden war, war es noch ruhiger geworden. Kein Fahrzeug war seitdem mehr vorbei-

gekommen. Am Eingang war es ruhig. Der Nachtportier hatte vor wenigen Minuten die Eingangstür auf
Nachtbetrieb umgestellt. Ab sofort musste jeder Be-
sucher klingeln um in das Gebäude zu kommen. Aber
wer um alles in der Welt wollte nachts freiwillig in ein
Krankenhaus, wenn er nicht musste?
Aber er musste ja eigentlich! Er hatte ja einen Auftrag, den es galt zu erfüllen. Niemals würde sein Ziel-
objekt sich ans Fenster stellen und nach draußen
schauen. Nicht um diese Uhrzeit. Es war eh nichts zu
sehen, jetzt wo die ganze Stadt sich in ein schwarzes
nichts hüllte und nur die Straßenlaternen zu sehen
waren.
„So ein Mist aber auch! Erst der Passat und jetzt der
Nachtportier! Ich habe es echt voll verpennt ins Gebäude hineinzukommen."
Erst vor wenigen Stunden hatte er diesen Auftrag von
der Organisation erhalten. Per SMS auf sein Handy!
Nur eine vage Beschreibung und die Adresse. Er
wusste, dass es mit der Sache im Hotel zu tun hatte.
Das zwitscherte ja bereits jeder Vogel von den Dä-
chern. Außerdem kam bereits seit Stunden jede
Menge in den Medien.
Trotzdem ärgerte sich Tobias maßlos, dass er bereits
zu Beginn des Auftrages in Schwierigkeiten kam. Er
war ein Gelegenheitsganove. Diebstahl, Erpressung
und auch schon eine Vergewaltigung gingen auf sein
Konto. Erwischt wurde er bis jetzt jedoch nie. Vor
wenigen Wochen hatte er einem gewissen Dimitri den

Arsch gerettet, als dieser in eine Schlägerei verwickelt wurde. Er hatte seinem Gegenüber mit einem Aschenbecher den Schädel zertrümmert und Dimitri dadurch das Leben gerettet. Der Angreifer wollte gerade zustechen in einer Situation, wo Dimitri hätte nicht mehr ausweichen können. Das war der Beginn einer Freundschaft, einer sehr gefährlichen Freundschaft. Denn zu Diebstahl, Erpressung und Vergewaltigung kam damals noch Totschlag hinzu. Allein die ersten drei Delikte hätten ausgereicht, um eine lange Zeit auf Staatskosten zu leben.

Wobei, wer mochte schon gerne in den Knast, wenn Vergewaltigung im Raum stand. Darauf standen doch die meisten Mithäftlinge. In der Unterwelt war Vergewaltigung ein „no go" und wurde im Gefängnis untereinander nicht geduldet. Egal ob es an einem Kind oder einer Oma verübt wurde. Da wurde im Knast kein Unterschied gemacht.

Es würde die Hölle werden. Und Tobias war beileibe kein Adonis. Er brachte es auf stattliche 150 Kilo, bei einer Größe von gerade mal 180 Zentimeter. Man konnte sagen, sein Bauch war sein Kapital. Zu diesem gesellte sich ein Kopf, der nur noch sehr wenige Haare hatte und dessen Hals eine Linie zwischen Kopf und Oberkörper bildete. Und dabei war Tobias gerade mal Mitte 30.

Dimitri hatte nach dem Vorfall mit Tobias die Flucht ergriffen und war gemeinsam mit ihm untergetaucht. Da er bereits festes Mitglied in der Organisation war,

war dies kein Problem. Der Neue wurde direkt mitaufgenommen. Seitdem war auch Tobias ein Mitglied der Organisation. Und das hier war sein erster Auftrag!

Gerade hatte er allerdings das Gefühl, dass ihm die Kontrolle darüber entglitt. Andererseits wusste ja niemand was geschehen war in der Organisation. War überhaupt etwas geschehen? Warum machte er sich eigentlich Gedanken um diesen blöden Passat?

Irgendwie hatte er ein komisches Gefühl! Ein Gefühl das er irgendwas verloren hatte! Nur was? Den Überblick? Die Zielperson?

Tobias öffnete die Tür und stieg aus. Aus dem Kofferraum holte er seine 9mm von Heckler und Koch, die ihm Dimitri neben dem einem russischen Scharfschützengewehr ebenfalls übergeben hatte. Zusammen mit dem Schalldämpfer und zwei gefüllten Magazinen machte er sich auf den Weg zum Gebäude.

Der Haupteingang des Krankenhauses wurde mit einer Kamera überwacht. Er schlich sich am Gebäude im Schutze der Dunkelheit entlang. Nach etwa 30 Metern kam Tobias am Küchentrakt vorbei. Die Aggregate der Kühlung liefen auch in der Nacht. Müllgeruch stieg in seine Nase. Es war eine Mischung aus säuerlich-süßem in Kombination mit Fäulnis, das von den Essensresten kam. Er musste unweigerlich würgen.

„Wenn ich das hier überstehe und heil wieder rauskomme, gönne ich mir erst einmal ein XXL-Menü bei der Bürgerbude am Hauptbahnhof!"

Vorsichtig ging er zur Türe die komplett im dunklen Winkel hinter den Mülltonnen lag. Die Aggregate der Kühlung ratterten aus unmittelbarer Nähe noch lauter und schlimmer. Er schaute sich um, schaute ob auch hier Kameras angebracht waren. Aber nichts. Keine Kameras. Wer hatte auch Interesse daran den ganzen Müll 24 Stunden zu filmen. Tobias drückte die Klinke langsam runter. Sie knackte leicht. Mit einem leisen quietschen gab sie nach.

Die Tür war nicht verschlossen! Mit seinem Bauch versuchte er sich durch einen kleinen Spalt zu schieben. Aus einem kleinen Spalt, wurde ein etwas größerer! Als er endlich drinnen war, mussten sich seine Augen erst einmal an das grelle Neonlicht gewöhnen.

„Daher also die Defizite bei den Krankenkassen und den staatlichen Krankenhäusern!", dachte er sich.

Nach wenigen Augenblicken hatten sich seine Augen an das grelle Licht gewöhnt und er blickte sich um. Er stand in einem schmalen Flur an dessen Ende eine weitere Türe war. Tobias ging auf sie zu und horchte erst einmal. Er legte sein Ohr daran und versuchte etwas zu hören. Bei einer dicken Brandschutztür war das allerdings recht schwierig.

Wieder drückte er langsam die Klinke hinunter. Lautlos gab sie nach. Auch diese Tür war nicht verschlossen. Er huschte hindurch und stand in einem Korridor mit mehreren Türen. Meist waren es Eisentüren. Das musste der Küchentrakt sein, mit all seinen Kühl- und

Lagerräumen. Schnellen Schrittes ging er den langen Gang entlang. Am Ende waren ein Aufzug, sowie ein Treppenhaus. Er entschied sich, entgegen seiner sonstigen Gewohnheit, für die Treppe. Er musste in den fünften Stock, also Unmengen von Stufen.

Bei dem Gedanken daran verzog er sein Gesicht und machte sich langsam daran Stufe für Stufe zu erklimmen.

Der blaue Passat hatte soeben sein Ziel in Leinfelden erreicht. Hier war es entgegen der Großstadt dunkel. Die Straßenlaternen waren vor wenigen Minuten abgeschaltet worden. Es war eine gespenstige Stille und stockfinster.

Martin Schunk stieg aus seinem Passat aus und eilte zur Beifahrerseite. Er öffnete sie. Maria sah müde aus. Sie war auf dem Weg vom Krankenhaus eingeschlafen und gerade erst wach geworden. Er half ihr beim Aussteigen und beide gingen, ohne ein Wort zu sagen auf das dunkle Gebäude zu.

Die Außenbeleuchtung ging an. Martin schloss die Türe auf und beide verschwanden ohne weiteres warten im inneren des Hauses.

Das Haus war stilvoll eingerichtet. Maria schaute sich vorsichtig um, ohne ein Wort zu sagen. Martin bemerkte ihr Unbehagen.

„Sie brauchen keine Angst zu haben. Ich lebe alleine hier. Kommen Sie! Ich zeige Ihnen ihr Zimmer."

Er ging voraus die schmale Treppe hinauf. Maria folgte ihm.

Martin Schunk war Ende 30 und geschieden. Bis vor 2 Jahren lebte er hier noch mit seiner damaligen Frau, einer Arzthelferin aus dem Nachbarort in diesem Haus zusammen. Die hatte sich aber anders entschieden und war mit einem Afrikaner durchgebrannt. Beide lebten nun in Kamerun auf einer Farm und hatten wohl bereits Nachwuchs. Er hatte keinen Kontakt mehr zu ihr. Sie war damals einfach so gegangen. Die Ehe wurde dann auch ohne viele Komplikationen geschieden. Sie wollte nichts, außer ihre Freiheit. Und so lebte er seitdem in dem Haus ganz alleine. Die Ehe war damals kinderlos geblieben. Seit dieser Geschichte hatte er nicht mal mehr eine Freundin gehabt. Sein Job war seine aktuelle Freundin.

Martin führte Maria in ein kleines Zimmer im ersten Stock. Es war wie die Wohnung geschmackvoll und modern eingerichtet. Ein Bett, sowie ein kleiner Schrank fanden genauso Platz, wie ein Tischchen und ein Sessel. Maria fiel direkt auf das Bett. Sie war hundemüde. Martin drehte sich um und wollte das Zimmer verlassen.

„Danke schön!"

Er drehte sich noch einmal um und lächelte sie an. Sie lächelte zurück und schloss die Augen. Maria war bereits eingeschlafen. Er ging nochmal zurück und deckte sie mit einer Decke zu. Dann verließ er das Zimmer und ging wieder nach unten.

Tobias hatte mittlerweile den fünften Stock erreicht. Niemand war ihm begegnet, was ein Glück war. Was hätte er auch um diese Zeit angeben sollen!

Schließlich war es mitten in der Nacht. Die Besuchszeit war schon lange vorbei und wie ein Patient sah er auch nicht aus. Er lugte um die Ecke und horchte. Es war still, totenstill. Langsam schlich er von Tür zu Tür. Manche der Zimmer waren nicht belegt. Das konnte er daran erkennen, dass die Tür offenstand und die Betten darin mit einer Plastikfolie bedeckt waren. Er näherte sich einer Zwischentüre. Das Licht darin spiegelte sich. Dadurch konnte er auch nicht sehen was dahinter war. Er öffnete sie leicht und blickte hindurch. Die Eisentür quietschte leicht. Ein paar Meter vor ihm stand einer der Polizisten. Beide blickten sich geradewegs an. Tobias, wie auch der Polizist waren für einen Augenblick wie gelähmt. Der Uniformierte fand als erstes wieder Worte.

„Halt! Stehenbleiben!"

Tobias ließ die Türe los, drehte sich um und rannte los. Der Polizist rannte mit voller Wucht gegen die Tür. Es knallte dumpf, gefolgt von einem „Scheiße!" Auch der zweite Polizist war nun da und half dem ersten erst einmal unfallfrei durch die Schwingtür zu kommen. Beiden liefen hinterher.

Tobias war mittlerweile wieder am Treppenhaus angekommen und versuchte nun 2 Stufen auf einmal zu nehmen. Seine Proportionen waren gerade jetzt überhaupt nicht von Vorteil. Alles an ihm wippte nun und er hatte Mühe das Gleichgewicht zu halten. Zudem keuchte er jetzt bereits wie eine alte Dampflok.

Die beiden Polizisten hatten auch das Treppenhaus erreicht und nahmen wie Tobias zwei Stufen. Sie waren wesentlich schlanker als er und hatten keine Probleme damit.

Unten angekommen, nahm Tobias wieder den Weg durch den Küchentrakt. Er stieß die Türe nach draußen auf, welche einen dumpfen Schlag tat gefolgt von einem „Uffffff!" Vor ihm lag ein weiterer Polizist und rieb sich benommen den Kopf. Hinter ihm war ein weiterer der bereits seine Waffe gezogen hatte und diese auf Tobias richtete. Der wiederrum bremste abrupt ab, verlor das Gleichgewicht und fiel auf den Polizisten am Boden. Ein weiteres „Uffffff!" war zu hören. Im Türrahmen erschienen die beiden Polizisten von der Station im 5. Stock.

Sie zerrten Tobias nach oben und legten ihm Handschellen an. Die Waffen, die er bei sich trug, wurden sichergestellt. Ebenso alles andere. Wenige Minuten später standen noch zwei Fahrzeuge der Polizei auf dem Gelände und sicherten alles weiträumig ab.

Schnell fanden Sie das Auto, mit den darin befindlichen weiteren Utensilien und Unterlagen.

Tobias beobachtete alles aus dem Einsatzwagen. Für ihn war das Abenteuer augenscheinlich erst einmal beendet.

21

Polizeipräsidium Stuttgart

Ein Schnarchen hallte durch das Dunkel des Don
Vito. Es war finster. Als Guiseppe gegangen war hatte
er alle Lichter gelöscht und die Türe ins Schloss gezogen.
Luigi lag noch immer auf der Bank in der Ecke. Zu
sehen von ihm war nichts. Man hörte nur sein gleich-
mäßiges Schnarchen. Auf dem Tisch vor ihm standen
noch die Reste des Abends. Gläser und Flaschen, dazu
der Teller auf dem sein Abendbrot war.
Luigi schlief so fest, dass er den Eindringling nicht
bemerkte. Dimitri stand neben dem Eingang und versuchte seine Augen an die Dunkelheit zu gewöhnen.
Es dauerte auch einen Augenblick, bis er sich in dem
dunklen Raum zurechtfand. Er setzte sich auf einen
Stuhl, der vor ihm an einem Tisch stand. Sein Knie
schmerzte höllisch. Dimitri tastete es ab. Es war noch
dicker geworden. Mittlerweile spannte es bereits unter
seiner Hose. Als er sich setzte, konnte er es nur
gestreckt lassen. Ein Anwinkeln war momentan nicht
mehr möglich. Er hatte das Schnarchen bereits beim
Hineinkommen bemerkt. Schnell war ihm klar, dass
sein Gegenüber in der Ecke nicht so schnell wach
werden würde.

Dimitri hatte bei seinem Aufstieg vom Ufer aus, nochmals nach Deutschland telefoniert, bevor der Akku seinen Geist aufgab. Ihm hatte es keine Ruhe gelassen, dass dort eine Person war, die ihn eventuell identifizieren hätte können. Also hatte er seinen Freund Tobias benachrichtigt. In seinen Augen ein etwas zurückgebliebener Kleinganove, der sich mit dem üblichen über Wasser hielt. Diebstahl, Erpressung und hin und wieder mal eine Vergewaltigung.

Wobei er sich das alles nur sehr schwer vorstellen konnte. Der Typ war nicht der geborene Ganove und dass er bis jetzt noch nicht erwischt wurde war ein Wunder. Tobias hatte ihm vor einiger Zeit mal das Leben gerettet. Seitdem hatte er sich mehr oder weniger seiner angenommen und ihn in die Organisation, der Familie, mit aufgenommen.

Dimitri hatte bereits am Flughafen von Bergamo herausbekommen, dass diese Frau ins Krankenhaus gebracht wurde. Alle wurden meist in das Katharinenhospital gebracht.

Alles andere war ein Kinderspiel gewesen. Dimitri hatte überall irgendeinen Informanten sitzen, der innerhalb kürzester Zeit an die benötigten Informationen kam. Und so hatte er noch bevor er das Flughafengelände verlassen hatte, alles Wissenswerte beisammengehabt. Dieses hatte er an Tobias weitergegeben.

Seitdem waren ein paar Stunden vergangen. Sicherlich war bereits alles erledigt. Tobias wusste was hier zu tun war. Er würde diese Zeugin schon irgendwie zum Schweigen gebracht haben. Frauen waren sein Spezialgebiet. Das hatte er immer und immer wieder betont.

Dimitri hatte momentan auch keine Gelegenheit es zu überprüfen. Der Akku seines Handys hatte wie bereits erwähnt vor Stunden keine Energie mehr. Ein Ladegerät war im Koffer des Alfa. Er musste also schauen, wie und wo er sein Handy wieder mit Energie versorgen konnte. Nun aber war er erst einmal hier und ruhte sich aus. Wenn es hell werden würde, musste er unbedingt etwas gegen die Schwellung tun. Zudem brauchte er ein Auto und ganz dringend, ein Ladekabel für sein Handy.

Ohne das würde er aufgeschmissen sein. Er musste umgehend Kontakt aufnehmen mit der Organisation, musste umgehend wissen, ob Tobias den Auftrag erledigt hatte!

Er machte es sich auf einer Bank etwas Abseits bequem. Von dort war Dimitri auf den ersten Blick nicht zu sehen. Er zog seine Jacke aus, legte das Bein mit dem geschwollenen Knie auf einen Stuhl und die Pistole direkt neben sich. Seine übrigen Sachen stellte er griffbereit auf den Boden. Dann schloss Dimitri Akim für wenige Stunden die Augen.

In Leinfelden war die Nacht ohne weitere Zwischenfälle zu Ende gegangen. Maria hatte ohne wach zu werden durchgeschlafen und auch Martin war kurze Zeit später eingeschlafen. Er hatte nichts mehr von dem nächtlichen Polizeieinsatz am Krankenhaus mitbekommen.

Nun saß Martin Schunk in seiner kleinen Küche und nippte an seiner Tasse Kaffee. Maria war noch in ihrem Zimmer und so konnte er schnell noch die neuesten Nachrichten überfliegen. Als der Browser das Nachrichtenportal öffnete stachen direkt zwei Meldungen hervor.

Zum einen der Vorfall im Krankenhaus Stuttgart letzte Nacht und der Unfall in Italien. Beides wurde als „*Horror in Europa*" umschrieben. Martin überflog beide Meldungen und griff zeitgleich zu seinem Telefon. Er wählte die Nummer seiner Dienststelle.

„Grüß Gott, der Martin hier… Ja, habe ich gerade gesehen… Die ist bei mir hier… Ja… Ja… Was…? Ok… Wir machen uns fertig und kommen… Ja… Und… Und informiert bitte die Psychologin… Ja… Bis gleich… Ade!"

Martin legte auf und nahm einen kräftigen Schluck aus seiner Tasse. Dann stand er auf und ging nach oben. Maria war bereits wach.

„Guten Morgen! Bitte machen Sie sich fertig. Wir müssen ins Präsidium. Ich habe Ihnen Handtücher sowie etwas zum Zähneputzen ins Bad gelegt. Wenn

Sie Duschen möchten, finden Sie alles was Sie benötigen ebenfalls vor."

Guten Morgen Herr Kommissar. Wo finde ich das Badezimmer?"

„Oh, sicher. Es ist gleich nebenan! Bitte beeilen Sie sich. Ich warte unten. Kaffee ist bereits fertig!"

Mit diesen Worten verließ Martin das Zimmer und das Obergeschoss und ging wieder nach unten.

Etwa fünfzehn Minuten später stand auch Maria in der kleinen Küche. Sie hatte sich in Windeseile fertig gemacht und hatte nun eine Tasse Kaffee in der Hand. Ihre nassen Haare hatte sie zu einem Pferdeschwanz zusammengebunden. Martin hatte zwischenzeitlich noch zweimal telefoniert und blickte aus dem Fenster.

„Ich wäre fertig! Wenn Sie möchten können wir fahren!"

Martin drehte sich um und blickte sie an.

„Okay, sehr schön. Ihre Sachen können Sie hierlassen, wenn Sie möchten! Wir können Sie später holen oder Sie bleiben noch eine Nacht!"

„Danke, das ist nett!"

Maria huschte ein Lächeln über ihr Gesicht. Sie trank ihren Kaffee aus und zog ihre Jacke an. Martin war bereits in dem kleinen Flur und wartete. Kurz darauf verließ er mit Maria den kleinen Ort und fuhr in Richtung Stuttgart.

Auf dem Weg nach Stuttgart rein, herrschte das übliche Chaos auf den Straßen. Stuttgart war nicht nur bekannt für seinen, das ganze Jahr herrschenden Feinstaubalarm sondern auch für seinen Verkehr. Durch das umstrittene Bauprojekt Stuttgart 21, war die Innenstadt eine einzige Baustelle. Nach etwa dreißig Minuten und vier! Verkehrsunfällen hatten sie es endlich geschafft. Martin lenkte seinen Passat auf den Parkplatz des Polizeipräsidiums.

Zwei Minuten später standen beide im Aufzug und waren auf den Weg in den dritten Stock. Maria war nun sichtlich angespannt. Martin bemerkte es und legte beruhigend seine Hand auf ihre Schulter.

Im dritten Stock waren alle Dezernate untergebracht. Mord-, Drogen-, Betrugsdezernat, um nur einige zu nennen. Also auch das von Martin und seinen Kollegen.

Im Keller waren ein paar Zellen und eine Tiefgarage für die hohen Herren. Im Erdgeschoss die Verwaltung, sowie die normale Polizeiwache.

Im ersten und zweiten Stock waren neben einigen Verhörräumen und der Asservatenkammer auch die Räume der Spurensicherung.

Der Polizeipräsident konnte den Blick über Stuttgart genießen. Er saß mit seinem Stab im obersten Stockwerk. Natürlich mit allen Annehmlichkeiten.

Martin und Maria gingen auf direktem Wege ins Büro des Dezernatsleiters. Ohne anzuklopfen stieß er die Tür auf und trat ein. Der kleine Raum war bereits gut gefüllt. Neben dem Dezernatsleiter Hauptkommissar Mlöbler, waren noch die Psychologin sowie einige

Kollegen der anderen Abteilungen anwesend. Martin schaute irritiert in die Runde.

„Grüß Gott miteinander!"

„Kommen Sie rein Martin und schließen Sie die Tür. Guten Morgen Frau… Frau…"

„Maria Zeflevkova!", sagte sie zaghaft und schüchtern in die Runde.

Doktor Löffler lächelte sie an. Der Rest schaute nur kurz auf und nickte.

„Frau Doktor Löffler wird sich Ihrer annehmen und einen Kaffee mit Ihnen trinken gehen. Wir brauchen Sie später noch!"

Doktor Löffler stand auf und verließ mit Maria den kleinen Raum.

„Setzen Sie sich Martin."

Martin setzte sich auf den Stuhl wo vor wenigen Sekunden noch die Psychologin saß. In dem doch recht kleinen und zunehmend stickigen Raum herrschte Stille. Niemand sagte etwas.

„Was ist hier los!?", unterbrach Martin die Stille.

Mehrere Kollegen räusperten sich nun, doch niemand sagte etwas.

„Wir haben da letzte Nacht einen ganz besonderen Fisch gefangen! Im Krankenhaus!"

Martin blickte zu seinem Dezernatsleiter. M. wie er unter den Kollegen nur genannt wurde, schaute ihn an.

„Als Sie vergangene Nacht diese Maria aus dem Krankenhaus geholt haben, hat zur selben Zeit ein anderer versucht zu ihr vorzudringen."

136

Martin schaute interessiert in die Runde. Die anderen Kollegen schienen die Geschichte schon zu kennen. Die meisten schauten zu Boden oder gelangweilt an die Decke.

„Er hat sich nicht gerade wie ein Profi angestellt. Figürlich völlig aus dem Ruder, unsportlich und tölpelhaft."

M. stand von seinem Sessel auf und ging zum Fenster. Er blickte hinaus und sprach weiter.

„Die Kollegen konnten ihn vor dem Gebäude widerstandslos verhaften."

Martin wollte was sagen, aber M. war noch nicht fertig mit seinen Ausfertigungen.

„Man hat ihn aufs Revier gebracht und erkennungsdienstlich behandelt. Routine! Sie wissen schon Martin."

M. drehte sich wieder um und ging zurück zu seinem Sessel. Martin wurde nervös. Sein Chef hatte immer diesen Drang zum theatralischem. Alles musste überschwänglich und in die Länge gezogen erklärt werden. Aus diesem Grund schauten die übrigen Kollegen auch alle so gelangweilt. Die hatten bereits das Vergnügen.

„Dort hat man dann festgestellt, dass unser neuer Gast gar kein so unbekannter ist. Anhand seiner DNA und den Fingerabdrücken wurde festgestellt, dass er bereits wegen Diebstahl, Erpressung und… jetzt halten Sie sich fest Martin…"

M. schaute Martin an. Erwartungsvoll, so als wenn er auf einen Tusch wartete, um sein Finale hinaus zu posaunen.

„…wegen Vergewaltigung!"

Stille… und wieder dieser Blick seines Chefs. Martin schaute nun auch etwas gelangweilt.

„Aha, und weiter?", fragte Martin.

„Ja nichts! Das war's."

M. schaute nun etwas reserviert zu Martin. Er hatte mehr erwartet als ein „Aha, und weiter". Aber das war er ja von seinem Kollegen gewohnt.

„Hat man ihn bereits vernommen?"

Nun regte sich einer seiner Kollegen.

„Nein noch nicht. Man wollte auf dich warten. Vielleicht kann man ja auch eine Gegenüberstellung machen, mit diesem Mädchen."

„Dieses Mädchen ist eine junge Frau. Aber gut, dann werde ich mir mal diesen neuen Gast anschauen."

Mit diesen Worten stand Martin auf und verließ den kleinen Raum. Seine Kollegen folgten in einigem Abstand. M. war plötzlich wieder ganz alleine.

Hauptkommissar Mlöbler, den ja alle nur M. nannten, war Anfang fünfzig und bereits seit mehr als dreißig Jahren bei der Polizei. Angefangen bei der Spezialeinheit, hatte man ihn nach einem Unfall im Dienst, in den Innendienst versetzt. Dort hatte er sich schnell nach oben gearbeitet. M. war nicht verheiratet und hatte auch keine Kinder. Seinen Spitznamen hatte er der Filmfigur aus den James Bond Filmen zu verdanken. Er war für seine Mitarbeiter so etwas wie eine Vaterfigur. Immer ein offenes Ohr und wenn es drauf ankam, immer vor seinen Männern und Frauen. Vielleicht hatte er auch deswegen keine eigene Familie. Für ihn war die Dienststelle seine Familie.

Er stand auf und ging wieder zum Fenster. Sein Blick ging über die Dächer. Es war diesig in Stuttgart. Wieder so ein Tag, der keine Sonne bringen würde. Und das im Sommer! Bis vor einer Stunde hatte es noch geregnet. Ein kalter Wind hatte sich durch die Häuserzeilen der Stadt gezogen.

Er drehte sich wieder um. Kopfschüttelnd verließ auch er sein kleines Büro.

22

Nicht nur Sonnenschein am Lago di Garda

Auch am Gardasee war es mittlerweile morgen. Im Gegensatz zu Stuttgart, war es hier allerdings sonnig und bereits an die zwanzig Grad warm. Es sollte laut Meteorologen mal wieder ein herrlicher Sommertag werden. Gudrun und Friedhelm Muckel waren bereits wach.

Während Gudrun schon im Bad war und duschte, lag ihr Mann noch im Bett. Durch die Fensterläden drückten sich die Sonnenstrahlen in den dunklen Raum.

„Friedhelm, steh auf! Ich bin fertig! Du kannst ins Bad!", rief Gudrun und öffnete schon die Tür.

Sie ging ins Schlafzimmer und ries die Fensterläden auf. Friedhelm schloss die Augen und grummelte.

„Los raus aus dem Bett! Wir haben heute noch einiges vor!"

Gudrun verschwand wieder und ging in der Küche.

Friedhelm erhob sich langsam aus dem Bett und schlurfte ins Bad.

Dimitri war schon eine ganze Weile wach. Er saß in der Ecke und beobachtete den noch immer schlafenden Luigi. Die ganze Nacht hatte dieser ununterbrochen an irgendwelchen Ästen gesägt.

Das Knie war noch immer geschwollen, wenn auch nicht mehr so schlimm wie noch wenige Stunden zuvor. Er hatte Hunger und Durst. Aber hier in diesem Restaurant schien es nichts zu geben. Es sah verlassen aus. Die Uhr an der Wand zeigte 08:59 Uhr an. Draußen konnte er in diesem Moment die Kirchenglocken hören. Er zählte mit. Neunmal schlugen sie. Die Uhr stimmte also.

„Wenigstens etwas!", dachte er sich.

Luigi schnarchte noch immer. Er wollte gar nicht aufhören. Dimitri blickte sich um. Jetzt wo Sonnenstrahlen den Gastraum fluteten, konnte er all das sehen was vergangene Nacht nicht möglich war.

Das Restaurant schien, wie er bereits vermutet hatte, geschlossen zu sein. Viele der Stühle standen auf den Tischen. Nur wenige Tische waren hergerichtet. Die Anrichte und der Tresen waren verwaist. Staub und Spinnenweben hatten sich ausgebreitet. In der Luft lag der Geruch von Pizza und Pasta.

Dimitri hörte von draußen Schritte näherkommen. Instinktiv griff er nach seiner Waffe. Die Tür wurde geöffnet und ein älterer Mann betrat den Raum. In der Hand hatte er ein Tablet. Kaffeeduft flutete sogleich den Raum.

Er schlurfte durch den Raum und stellte das Tablet auf den Tisch wo Luigi lag.

„Buon giorno Luigi! Steh auf, es ist hell!"

Luigi regte sich und blinzelte mit den Augen. Er stöhnte auf, gefolgt von einem unverständlichen grummeln. Dann erhob er sich langsam und setzte sich.

„Luigi, du siehst grauenvoll aus!", sagte Guiseppe mit einem Grinsen.

„Das kommt vom Wein gestern Abend. Wir mussten es ja mal wieder übertreiben!"

„Du, nicht wir! Ich bin brav zu Bett gegangen. Du warst gestern plötzlich voll!"

Luigi winkte ab und gähnte laut.

„Hat Paola was gesagt?"

Guiseppe schüttelte nur den Kopf. Paola war seine Frau. Eine Seele von Mensch. Fünfzehn Jahre jünger als er, aber figürlich ohne großen Unterschied. Es musste an der guten Küche liegen.

„Jetzt nimm erst mal einen Schluck Kaffee und iss eines der Panini. Danach sieht alles schon wieder ganz anders aus."

Luigi grummelte etwas vor sich her, nahm dann aber das Panini und biss kräftig hinein. Dabei fiel sein Blick auf den Lauf einer Pistole, die wiederum von einer ihm unbekannten Person gehalten wurde.

Gudrun hatte bereits den kleinen Tisch auf der Terrasse gedeckt und wartete ungeduldig auf ihren Göttergatten. Dieser brauchte mal wieder eine halbe Ewigkeit im Bad.

Für sie war das unerklärlich. Toilette, Dusche, Waschbecken. Kein Fernsehen, kein Computer. Also einer der uninteressantesten und langweiligsten Räume für Männer. Und doch der Raum, wo sie sich am längsten aufhielten. Jedenfalls ihr Friedhelm.

Ein Klacken war zu hören. Dann ein öffnen der Türe. Friedhelm betrat den kleinen Flur und bog gleich wieder ab in Schlafzimmer.

„Nun komm schon! Der Kaffee wird kalt. Ich warte schon eine halbe Ewigkeit."

Friedhelm blickte um die Ecke, nackt!

„Ich komm gleich! Ich muss mir noch was überziehen. Kann ja schlecht so!"

Gudrun blickte zu ihm.

„Hmm, meinetwegen kannst du auch so, aber was würden die Nachbarn sagen? Geschweige die Einheimischen! Die würden alle einen Schreck fürs Leben bekommen!"

Wieder blickte Friedhelm um die Ecke. Gudrun grinste breit. Er sparte sich sein sonst so obligatorisches „mhhhhhhhh" und kam stattdessen, endlich, zum Frühstückstisch. Gudrun schenkte Kaffee ein und nahm sich eine Scheibe des Baguette Brotes. Friedhelm entschied sich für ein Croissant.

Beide waren still und frühstückten erst einmal.

„Wasch wolln wir heute machen?", fragte Friedhelm mit vollem Mund.

„Na, wir wollten doch heute nach Limone und heute Abend zum Essen?!", entgegnete Gudrun.

„Schtimmt, dasch hatten wir gesagt!", erinnerte sich jetzt Friedhelm.

„Musst du immer mit vollem Mund sprechen?"

„Nein, musch isch nischt, aber isch tu esch!", grinste er sie an.

„Du bist unmöglich!"

Gudrun schaute in Richtung Gardasee und nippte an ihrem Kaffee. Friedhelm war bereits dabei seine dritte Scheibe Brot zu essen. Beide schwiegen sich wieder an.

Noch immer stand Dimitri mit seiner Pistole vor den beiden im Restaurant. Keiner sagte ein Wort. Mittlerweile hatte auch Guiseppe mitbekommen, dass da noch ein weiterer Gast im Raum war. Luigi legte das Panini wieder ab.

„Wer sind Sie und was wollen Sie?", fragte Luigi in die Stille hinein.

„Du, hinsetzen!", sagte Dimitri und deutete mit der Waffe auf Guiseppe.

Dieser tat was ihm gesagt wurde und setzte sich neben Luigi auf die Bank. Dimitri griff erst nach dem Kaffee und dann nach dem zweiten Panini, ohne die beiden aus den Augen zu lassen. Die Pistole richtete er dabei weiterhin auf sie.

In Windeseile hatte er sowohl den Kaffee als auch das Panini verschlungen. Er nahm sich einen Stuhl und setzte sich, ohne Luigi und Guiseppe aus den Augen zu lassen.

„Wer sind Sie und was wollen Sie von uns?", fragte Luigi nochmals.

„Haben Sie ein Ladekabel hier? Für ein Handy? Ich muss mein Handy laden!"

Guiseppe und Luigi schauten sich an.

„Und dafür diesen Aufstand hier?", fragte Luigi und deutete auf die Pistole.

„Ein Auto, ich brauche ein Auto!"

Dimitri fuchtelte mit der Pistole. Schweißperlen waren auf seiner Stirn.

„Sie sind einer von denen die gestern diesen Unfall hatten! Unten am Ufer!", sagte Guiseppe.

Dimitri blickte beide abwechselnd an.

„Woher wissen Sie das?"

„Es kommt zurzeit nichts anderes in den lokalen Nachrichten. Sie und ihre Freunde haben ja ein schönes Chaos und eine prima Schweinerei angestellt! So viele Leichen hat der Gardasee seit dem zweiten Weltkrieg nicht mehr gehabt!"

Luigi blickte zu Dimitri. Dieser rutschte etwas aufgeregt auf seinem Stuhl hin und her. Dabei verzog er schmerzverzerrt sein Gesicht.

„Was haben Sie jetzt vor?", fragte Luigi.

„Ich brauche ein Auto und ein Ladekabel für mein Handy!", wiederholte Dimitri.

„Oh Mann! So einer hatte uns gerade jetzt noch gefehlt! Ein labiler durchgedrehter mit Pistole, der, so wie es ausschaute, kaum Laufen konnte und sicher die

Schweißperlen auf der Stirn nicht wegen der Hitze hatte.", dachte sich Luigi.

Luigi nahm sein Panini und biss hinein. Dabei beobachtete er den Mann gegenüber. Dieser wurde immer nervöser.

„Ladekabel haben wir! Auto nicht!", sagte Luigi, ohne eine Miene zu verziehen, nachdem er seinen Mund leer hatte.

Guiseppe blickte erst Luigi an und dann seinen Gegenüber. Auch er bekam jetzt Schweißperlen auf die Stirn.

Von draußen kam ein Schatten näher. Die Klinke der Tür wurde langsam hinunter gedrückt.

23

Tobias Holzgruber

Oberkommissar Schunk betrat den kleinen Vorraum des Verhörzimmers Nummer 3B. Eine große Glasscheibe ermöglichte einen Blick ins Innere des Raumes. Wie überall konnte man zwar von der einen Seite hineinschauen, aber nicht von der anderen Seite hinaus. Von Innen war es nur ein riesiger Spiegel.

Das Zimmer war sehr karg eingerichtet. Das Fenster war fast immer durch eine Jalousie verdunkelt. Jeweils in den Ecken gab es Kameras und Mikrofone. Im Raum selbst stand ein Tisch mit drei Stühlen. Tisch und Stühle waren auf dem Boden verschraubt. So wollte man verhindern, dass die Person, welche man verhörte in einem Affekt gewalttätig wird und das Mobiliar als Waffe nutzen konnte. Unterhalb des Spiegels stand ein Sideboard, ebenfalls verschraubt. Auf diesem standen Plastikbecher, sowie Mineralwasser.

Mehr gab der Raum nicht her. Schließlich sollte man sich hier in keinster Weise wohlfühlen. Selbst ein Besuch beim Zahnarzt vermittelte mehr Geborgenheit und Wohlfühlfaktor.

Tobias saß bereits auf dem nicht gepolsterten Stuhl am Tisch. Man hatte ihn vor wenigen Minuten hineingebracht. Ein Polizeibeamter stand in der Ecke und beobachtete ihn seitdem. Martin Schunk war alleine. Die anderen hatten vor der Scheibe auf der anderen Seite des Raumes Stellung bezogen. Tobias blickte nicht auf. Er spielte nervös mit seinen Händen. Martin setzte sich.

„Sie wissen, warum Sie hier sind?", begann er sein Gespräch.

Tobias blickte noch immer nicht auf. Er spielte weiterhin nervös mit seinen Händen. Er machte auch keine Anstalten, dieses zu ändern.

„Also gut, fangen wir an. Ihr Name ist Tobias Holzgruber. Sie sind 36 Jahre alt, ledig, keine Kinder."

Martin blickte ihn an. Noch immer keine Reaktion.

„Ich werte Ihr Schweigen als Zustimmung!"

Martin fing langsam an innerlich zu kochen. Wenn er eines hasste waren es solche Verhöre, wo der Gegenüber dachte, er könnte mit Schweigen alles zu seinen Gunsten entscheiden. Wenn es keine Kameras und Mikrofone in diesem Raum geben würde, hätte er ihn schon längst anderweitig zum Mitmachen gebracht.

„Passen Sie auf. Ich sage Ihnen mal, wie der weitere Ablauf hier ist. Wir können entweder ein entspanntes Gespräch führen, wo wir uns über dieses und jenes unterhalten oder ich knalle Ihnen die Fakten auf den Tisch, erstelle ein Protokoll und informiere anschließend den Haftrichter und der entscheidet. Das Schweigen wird sich definitiv nicht zu Ihren Gunsten auswirken. Es wird alles nur unnötig verzögern."

Wieder schaute Martin zu Tobias hinüber. Seine Haltung hatte sich immer noch nicht geändert. Noch immer spielte er nervös mit seinen Händen. Martin kochte.

„Also gut. Wir haben genug Beweise und Spuren gesammelt. Aktuell und durch Taten in der Vergangenheit, die wir Ihnen eindeutig beweisen können. Sie haben schon jetzt mehrere Diebstähle, Erpressungen und mindestens eine Vergewaltigung zu Buche stehen, welche Sie nachweislich begangen haben und wir anhand der DNA beweisen können. Sie waren nie eine große Nummer, aber Sie waren aufgrund kleinerer Delikte in der Vergangenheit bereits erkennungsdienstlich registriert. Für diese Taten werden Sie sich bereits verantworten müssen."

Martin machte eine Pause und beobachtete Tobias. Er ließ weiterhin alles regungslos über sich ergehen.

Es klopfte leise an der Tür. Ein Beamter in Uniform trat hinein und übergab Martin einen kleinen Zettel. Ohne ein Wort verließ er wieder den dunklen Raum. Martin schaute kurz auf den Zettel und fuhr fort.

„Wer ist Dimitri Arkim?"

Tobias zeigte erstmals eine andere Regung als das unaufhörliche Spielen mit seinen Händen und zuckte zusammen. Schlagartig hörte er auf mit seinen Händen zu spielen und blickte auf.

„Was haben Sie mit ihm zu tun?"

Tobias schwieg weiterhin. Martin hatte ihn. Er hatte ihn an einem Punkt getroffen, wo er verwundbar und angreifbar zu sein schien.

„Wir haben Ihr Handy und die Sachen untersucht, welche Sie vergangene Nacht bei sich hatten. Darauf haben wir einige interessante Informationen gefunden. Des Weiteren sind Kollegen gerade dabei Ihre Wohnung auf den Kopf zu stellen. Wenn Sie nicht reden, werden wir früher oder später alles finden. Wir werden Ihr komplettes Leben auf links drehen und alles ans Licht bringen. Ob Sie reden oder nicht! Bis dahin wird der Haftrichter gegen Sie einen Haftbefehl erlassen und man wird Sie erst einmal in Untersuchungshaft nehmen. Das könnte das nette Etablissement in Stuttgart-Stammheim sein. Sie wissen sicherlich, dass man dort auf einen, wie Sie nur wartet!"

Immer noch keine Reaktion. Martin wurde stinksauer, stand auf trat gegen den Stuhl und verließ den Raum für einen Augenblick. Der Beamte blieb teilnahmslos in der Ecke stehen.

Im Vorraum standen sein Dezernatsleiter, sowie zwei weitere Kollegen. Sie hatte den bisherigen Verlauf aufmerksam verfolgt.

„Eine harte Nuss!", sagte M.

„Keine harte Nuss! Ein Vollidiot ist das! Er meint wunders was er für ein riesen Fisch sei! Aber er ist ein Nichts! Er ist nur ein kleiner Krimineller!"

Martin beruhigte sich nicht. Im Gegenteil. Er redete sich gerade immer mehr in Rage.

„TsTsTsTs… Sie vergessen die mögliche Vergewaltigung!"

„Welche Vergewaltigung? Der Versuch einer Prostituierten ohne Bezahlung zu entwischen? Der leider gewaltig nach hinten losging, weil Sie ihm so die Fresse poliert hatte! Man legt sich ja auch nicht mit dem Urgestein der Stuttgarter Nutten an. Um Sie zu vergewaltigen braucht es eine ganze Footballmannschaft, samt Chearleader und nicht so einen armseligen Kleinganoven!"

„Ok, vielleicht haben die Kollegen von der Sitte damals ein wenig übertrieben in ihrem Bericht. Trotzdem ist und bleibt er ein Ganove. Und so wie es ausschaut hat er Kontakte zu einer osteuropäischen Organisation, die sich „Familie" nennt! Vergessen Sie das nicht. Dimitri Arkim ist kein Unbekannter! Er steht auf der Fahndungsliste von Interpol."

Martin winkte ab, nahm sich einen Kaffee und ging wieder hinein. Der Beamte stand noch immer in der Ecke und regte sich nicht.

„So, dann wollen wir mal weiter machen!"

Di Gallo und Botatzi waren beide schon früh in der Questura gewesen. Die ersten Berichte der Spurensicherung sowie der Gerichtsmedizin lagen vor.

Umberto hatte Botatzi bereits per Messenger informiert, dass der Bericht äußerst informativ sei. Aus diesem Grund hatte er sich dazu entschlossen früher ins Büro zu fahren. Di Gallo hatte wohl den gleichen Gedanken gehabt und war zur selben Zeit in der Questura angekommen.

Nun saßen beide bei einem Espresso, ganz alleine, im Büro und studierte abwechselnd die Berichte der Kollegen. Botatzi hatte Umbertos Bericht bereits zum dritten Mal gelesen. Auch Di Gallo war dabei den der Spurensicherung ein weiteres Mal durchzugehen.

„Familia!", entglitt es ihnen beiden.

„Nicht gut, gar nicht gut! Die Mafia hier bei uns am Gardasee! Das wird kein gutes Ende nehmen!", sagte Di Gallo weiter.

In den Bericht von Umberto Mascherato waren neben den üblichen Ausfertigungen über Todesursache und Zeitpunkte, auch mehrere Bilder. Einmal vom Unfallort direkt und später aus der Pathologie. Es waren viele der üblichen Aufnahmen dabei. Nahaufnahmen der Verletzungen, Aufnahmen der Gesichter und welche von Tätowierungen. Diese Tätowierungen waren ein Markenzeichen einer osteuropäischen Organisation, die sich Familie nannte. Ein schwarzes Jesus-Kreuz mit einer Rose am unteren Ende. Tätowiert wurde es entweder auf den Arm oder auf den Hals, unterhalb der Halsschlagader. Es war etwa fünf auf fünf Zentimeter groß. In den letzten Jahren hatte sich diese Organisation immer weiter nach Italien und in den Westen von Europa hineingeschlichen. Neben den üblichen Mafiamachenschaften gehörte auch noch

Folter und Vergewaltigung dazu. Familia war hauptsächlich in Rumänien, dem ehemaligen Jugoslawien, sowie Albanien weit verbreitet. Aber auch in Deutschland hatte man sie bereits lokalisieren können. Hier bis jetzt allerdings nur im südlichen Raum. Die Cosa Nostra und die Camorra, die italienischen Mafiaclans versuchte bereits seit einiger Zeit, dieser neuen Organisation „Herr" zu werden und hatten bereits bei mehreren brutalen Übergriffen versucht das Netzwerk der Organisation zu zerschlagen. Leider mit sehr geringem Erfolg. Ausgelöschte Mitglieder der Familie wurden umgehend wieder ersetzt.

Auch in Rom hatte man hiervon bereits Kenntnis und war besorgt über die Entwicklung der letzten Monate. Man versuchte natürlich ebenfalls von Seiten der Regierung entgegen zu steuern. Selbst ein Pakt mit der Cosa Nostra und der Camorra wurde ins Auge gefasst. Man wollte mit allen Mitteln verhindern, dass diese Organisation die Macht in der italienischen Unterwelt übernahm und eine weitere Organisation für Unruhe stiften würde.

„Wir müssen zum Vize Questore! Das könnte eine Nummer zu groß für uns werden!", sagte Botatzi.

Als beide wenige Minuten später am Büro von Dottoressa Susanna Luca ankamen, verließen es gerade vier Fremde. Ohne ein Wort gingen sie an ihnen vor-bei und würdigten sie noch nicht einmal eines Blickes.

Botatzi und Di Gallo traten ohne Anmeldung ein.

„Da haben wir es! Das musste ja so kommen!",
wurden beide von ihr begrüßt.

Botatzi schaute leicht irritiert und auch Di Gallo
wusste nicht was seine Chefin gerade meinte.

„Na diese Horde von Barbaren die gerade bei mir war.
Sie müssen sie doch gesehen haben? Sie sind hinaus,
als Sie hineinkamen."

Botatzis Blick erhellte sich. Wenn seine Chefin von
Barbaren sprach, waren meist Beamte aus Rom oder
der nächsthöheren Behörde gemeint. Susanna Luca
war zwar in vielerlei Hinsicht eine Hexe, aber sie
konnte es auf den Tod nicht ausstehen, wenn irgendjemand von außen oder oben, ihr in die Questura
hineindiktierte.

„Ach Sie meinten die vier Personen eben?! Wer war
das?", fragte Botatzi aus reiner Neugier.

Erstmals seit die beiden Beamten in ihrem Büro
standen, blickte Dottoressa Luca auf.

„Die Herren kamen direkt aus Rom. Aus dem Innenministerium!"

Mahnend hob sie die Finger, wie ein Bischof bei einer
Predigt.

„Die beiden anderen die dabei waren, kamen direkt
aus Ankara. Sie hatten Fragen wegen den türkischen
Leichen!", fuhr sie ohne Luft zu holen fort.

Botatzi blickte zu Di Gallo der wiederrum aus dem
Fenster schaute.

„Sie müssen das klären Botatzi! Haben Sie verstanden? Das Ansehen der Questura steht auf dem Spiel!"

„Ja Seniora. Wir werden uns darum kümmern.", entgegenete Botatzi.

„Wer hat den Fall der Türken momentan auf dem Tisch?"

Der Kollege Matteo, Seniora Luca.", antwortete nun Di Gallo.

Sie verdrehte die Augen, gefolgt von einem heftigen Kopfschütteln, was in ihrem Fall schon fast einem Todesurteil nahekam.

„Wer hat denn das veranlasst?"

Botatzi und Di Gallo schüttelt den Kopf. Sie wussten es wirklich nicht.

„Ändern Sie es, augenblicklich! Ich will bis heute Nachmittag einen umfassenden Bericht von Ihnen auf dem Tisch haben."

„Ja, und…"

„Nichts ja und! Gehen Sie jetzt! Ich habe zu tun!"

Beide verließen das Büro. Es war nicht ratsam, zu bleiben wenn die Vize Questore es nicht wollte. Sie mussten ja eh später wiederkommen und berichten. Da die Herren aus Rom sowieso schon da waren, konnte die Information bezüglich der Organisation noch ein wenig warten.

Di Gallo ging bei Matteo vorbei, während Botatzi direkt zurück ins Büro ging.

Matteo war ein etwas einfältiger Kollege. Zumeist brauchte er ein wenig länger, um Zusammenhänge zu erkennen. Daher war er nur für die kleinen Delikte zuständig. Das er diesmal ausgerechnet für die Aufklärung der Todesumstände von zwei Türken eingeteilt war, war allen ein Rätsel gewesen.

Matteo war bereits weit über fünfzig und zählte zu den ältesten Kollegen die die Questura hatte. Er war verheiratet und hatte einen Sohn. Mehr war allerdings nicht über ihn bekannt unter den Kollegen. Er war ein Einzelgänger.

„Begeistert war er nicht, als ich ihm die Akte abholte!", sagte Di Gallo als er das Büro von Botatzi betrat.

„Das dachte ich mir. Na, kommen Sie, lassen Sie uns die Alte glücklich machen!"

Beide gingen noch einmal den spärlichen Bericht durch, der bis jetzt erstellt wurde.

„Los reden Sie endlich! Was haben sie mit Dimitri Arkim zu tun? Wir wissen das Sie Kontakt zu ihm hatten und vermutlich auch mit ihm verkehrten!" Was wollten Sie letzte Nacht im Krankenhaus?"

Martin war in Rage. Dieser Tobias war alles andere als kooperativ.

„Ich sage nichts!", waren seine ersten Worte.

„Ich will einen Anwalt! Der steht mir zu! Ohne ihn sage ich nichts!"

Martin prustete los. Er kochte. Am liebsten würde er diesem Tobias hier und jetzt zeigen was er brauchte. Und es war sicherlich kein Anwalt.

„Abführen!"

Martin verließ den Verhörraum.

Im Vorraum waren noch immer die gleichen Personen, wie vor wenigen Minuten als Martin schon einmal hier stand. Nur diesmal würde er erst einmal nicht zurückgehen.

Tobias Holzgruber war längst nicht mehr da. Der uniformierte Beamte, der die ganze Zeit mit im Raum anwesend war, hatte ihn bereits abgeführt. In spätestens einer Stunde würde ein Anwalt hier sein. Da er keinen bestimmten wollte, würde einer dieser üblichen Pflichtverteidiger kommen.

Martin verließ ohne ein weiteres Wort den Vorraum. Er wollte zurück zu seinem Büro. Vielleicht auch einmal kurz nach draußen. Dieser Tobias war anstrengend gewesen. Das solch ein Kleinganove so einen Wind machen konnte und meinte er sei in der Unterwelt ein großes Tier.

Als Martin an seinem Büro ankam stand bereits ein Polizist der Bereitschaftspolizei vor seiner Tür. In der Hand einige Zettel.

„Moin Kollege! Du hast eben das Verhör geleitet mit diesem Neuzugang letzte Nacht?"

Martin bekam schon wieder Bluthochdruck. Dieser Kleine Ganove verfolgte ihn jetzt schon.

„Ja, aber bitte erinnere mich nicht an den. So einen Möchtegern Kriminellen, der meint er wäre ein großes Tier in der Unterwelt. Nichts war aus ihm rauszubekommen."

Martin ging in sein kleines Büro. Der Uniformierte folgte.

„Ich habe hier ein paar Unterlagen für dich. Ich denke sie könnten recht interessant sein! Es geht um diesen Arkim und natürlich um deinen Möchtegern Schwerkriminellen!"

Der Polizist musste grinsen. Er übergab die wenigen Zettel und verabschiedete sich mit einem Gruß an die Stirn.

„Danke Dir…!"

Martin schloss die Tür und setzte sich. Er wollte jetzt erst einmal ein paar Minuten abschalten, bevor er nach Maria und dieser Psychologin schauen wollte. Und dann waren da ja auch noch dieser Tobias und sein Anwalt. Martin war sich sicher das würde wieder einer dieser Supertage werden, dieser Tage, die nicht vorübergehen und die keiner brauchte. Sein Blick fiel auf die Zettel von dem Polizisten. Martin griff danach. Die Informationen auf den Zetteln waren allerdings mehr als brisant. Er sprang auf und verließ zusammen mit den Zetteln wieder sein Büro.

24

Der ungebetene Gast

Eine kleine gedrungene Person betrat das Don Vito. Es war Paola. Geradewegs lief sie auf den Pistolenlauf von Dimitris Waffe zu. Sie erschrak und ließ das kleine Tablett fallen was sie in den Händen hielt. Der darauf gestellte Kaffee, sowie die belegten Brötchen fielen geradewegs auf den harten Steinboden. Mit lautem scheppern wurde alles auf dem Boden verteilt. Die Kaffeetasse zersprang in tausend Teile.

„Mamma mia, Guiseppe was hast du wieder angestellt!"

Sie schlug die Hände über dem Kopf zusammen und bekreuzigte sich dreimal hintereinander.

„Sei still und setz dich hin. Und keinen Ton, sonst zeigt dir mein kleiner Freund hier mal die Schattenseite des Lebens!", zischte Dimitri.

Ohne ein weiteres Wort setzte sich Paola auf die Bank zu Guiseppe und Luigi.

„Die Schlüssel! Schnell!"

Guiseppe griff in die Tasche und holte einen Bündel Schlüssel heraus. Er warf ihn über den Tisch zu Dimitri. Ohne ein Wort nahm er sie, stand auf und humpelte rückwärtsgehend zur Tür.

„Es ist der große rötlichschimmernde Schlüssel.", sagte Paola und erntete dafür einen bösen Blick von Luigi.

Achselzuckend kommentierte sie den bösen Blick.

Dimitri schloss die Türe ab und humpelte zurück zum Tisch. Er zog sich einen zweiten Stuhl heran, setzte sich auf den einen und legte sein Bein mit dem geschwollenen Knie auf das andere.

„Was haben Sie jetzt vor?", wollte Luigi wissen.

„Sie haben sich und uns jetzt hier eingeschlossen. Was glauben Sie wie lange das jetzt geht, bis jemand nach uns sucht.", legte Paola nach.

Guiseppe sagte nichts. Er schaute nur starr auf Dimitri und beobachtete seine Reaktion. Aber nichts geschah. Er verzog keine Miene.

„Wie lange wollen Sie uns hier festhalten? Bei uns gibt es nichts zu holen. Selbst die Küche hier ist leergeräumt." sagte Luigi weiter.

„Seit still, alle! Ich muss nachdenken!", blaffte Dimitri nun.

Er blickte sich um. Lichtstrahlen schienen jetzt durch die bunten Fenster des Don Vito. Wie er bereits festgestellt hatte gab es neben der Eingangstür, noch die Türen zu den Toiletten, sowie einen zur Küche. Dort war sicherlich auch eine weitere Türe, die nach draußen führte.

„Gibt es noch einen zweiten Ausgang?"

Guiseppe deutete mit dem Kopf in Richtung Küche.

Friedhelm und Gertrud hatten gefrühstückt und waren bereits auf dem Weg zum See. Sie fuhren mit Ihrem Auto gerade durch Odesio. In gut 10 Minuten würden Sie die alte Staatsstraße über die serpentinenförmige Abfahrt erreicht haben. Limone lag dann nochmals etwa zehn Kilometer in nördlicher Richtung.

Dort wollten die beiden einen Teil des Tages verbringen. Limone sul Garda in der Lombardei, war eine der schönsten Orte am Gardasee. Bekannt durch die gelbe Frucht hatte sie ihren Namen bekommen, dachten viele Touristen. Die Geschichte besagte aber, dass nicht die Frucht der eigentliche Namensgeber war, sondern dass der Name vom Wort Limes abstammte. Viele kleine verwinkelte Gässchen, der malerische kleine Hafen in der Altstadt und die große Promenade lockten in den Sommermonaten unzählige Touristen an. Unzählige war da aber reichlich untertrieben. Es waren gut und gerne mehr als eine Millionen die jährlich den kleinen Ort mit seinen etwa 2500 Einwohnern aufsuchten. Viele kleine Geschäfte boten allerhand Souvenirs an, von Glas- und Keramikwaren bis hin zu Ledertaschen und Bekleidung. Hier war für jeden Geldbeutel etwas dabei. Von der billigen Chinaware, die leider auch hier Einzug hielt, bis hin zu hochwertiger Handarbeit aus der Region. Und natürlich durfte der Limoncello nicht fehlen. Ein Likör aus Zitronen der zwischen 23 – 35% Alkohol enthielt und eng mit dem kleinen Ort verbunden war.

Von hier aus konnte man mit mehreren Booten den ganzen See erkunden. Sogar einen Anlegeplatz für die Autofähre gab es hier der Limone mit Malcesine auf der gegenüberliegenden Seite verband und es somit ermöglichte innerhalb von 30 Minuten die Seite des Sees zu wechseln. Limone verfügte auch über einen Strandabschnitt, der allerdings nicht mit feinem Sand, sondern mit Kieselsteinen aufwartete. Dies war allerdings typisch für die Ufer des Gardasees.

Sie stellten das Auto im nahe der Altstadt gelegenen Parkhaus ab. Es war noch recht früh und so war es kein Problem auf Anhieb einen guten, schattigen Platz zu finden. Gemeinsam schlenderten sie dann hinunter. Der Ausblick über den See war herrlich. Es war keine Wolke am Himmel. Das Wasser schimmerte hellblau und glitzerte durch die Sonne. Schon jetzt war allerdings auf dem See reger Betrieb. Unmengen von Kite Surfern im Norden waren zu sehen. Die ersten Boote zur Beförderung der Touristenströme waren auch schon unterwegs und die kleinen Boote für die man als Tourist keinen Führerschein brauchte verließen den Hafen an der Promenade.

„Es ist einfach herrlich hier. Das Klima, die Gegend, die Menschen. Einfach alles.", schwärmte Gudrun.

Friedhelm grunzte nur. Er war schon wieder damit beschäftigt ein Foto nach dem anderen zu schießen.

Im Don Vito war die Situation gerade nicht besonders sonnig. Noch immer saßen Guiseppe, Luigi und Paola auf der Bank und blickten in den Lauf von Dimitris Pistole. Durch ein Ladekabel was im hinteren Teil des Restaurants in einer Schublade lag, war er gerade dabei sein Handy aufzuladen. Es war so leer, dass es sicherlich noch einige Minuten dauern würde, bis er endlich damit telefonieren konnte. Bis dahin herrschte Stille.

Guiseppe schnaufte hörbar und blickte auf den Boden. Luigi hatte starke Kopfschmerzen und lehnte sich zurück. Er schloss die Augen und versuchte nicht an das Pochen in seinem Kopf zu denken.

Paola griff in ihre bunte Kittelschürze und zog einen Wollknäul mit zwei hölzernen dünnen Stängchen heraus. Es klapperte leise. Dimitri blickte irritiert auf.

„Paola, musse das sein? Iste nicht die beste Situatione jetzt!", schnaufte Guiseppe.

„Mamma mia, iste nie die richtige Situatione!", konterte Paola.

Luigi sagte gar nichts. Er war noch immer damit beschäftigt das Pochen in seinem Kopf zu bekämpfen. Auch Dimitri sagte nichts. Noch störte es ihn nicht. Das leise gleichmäßige klappern ging weiter.

Guiseppe sagte nichts mehr. Auch von den anderen beiden kam kein Ton mehr.

Draußen füllten sich langsam die Gassen des Ortes. Das Leben auf den Straßen Gardolas schien zu erwachen. Touristen und Einheimische wuselten am Don Vito vorbei. Die Sonne, die bereits vom Himmel brannte, projizierte diese als lustige Schattenfiguren ins Innere des Restaurants.

„Haben Sie ein Auto?", wurde die Ruhe gestört.

Luigi öffnete langsam die Augen. Guiseppe zuckte zusammen und Paola hörte auf zu stricken.

„Ist nicht hier. Steht in Werkstatt, bei Frederico. Oben in Prabione.", antwortete Guiseppe.

Paola strickte weiter.

„Wie lange wollen Sie uns eigentlich hier festhalten?", meldete sich Luigi nun zu Wort.

Wieder unterbrach Paola ihr stricken und blickte in die Runde. Auch Guiseppe blickte nun zu Dimitri der sich nicht regte. Stattdessen schaute er auf sein Handy, was noch immer am Laden war. Eine Hand war dabei immer an der Pistole.

„Das werdet Ihr schon sehen!", antwortete Dimitri knapp.

„Sie haben gar keinen Plan, was sie weiter tun wollen! Ihr Knie ist wahrscheinlich kaputt. Die Verbindung zu Ihren Leuten unterbrochen, wenn nicht sogar abgerissen und…"

„Seien Sie still!", unterbrach Dimitri Luigi Ausführungen.

Paola wartete noch immer. Im Augenblick war es mehr als spannend. Sie konnte jetzt nicht weiterstricken.

Gudrun und Friedhelm schlenderten an der Uferpromenade entlang. Sie hatten beide bereits ihr erstes Eis und waren an fast jedem Laden stehengeblieben. Zu verlockend waren die ganzen Dinge und Angebote, womit die meist windigen Verkäuferinnen die Kundschaft anlockten. Gekauft hatten sie aber bis jetzt noch nichts. Sie hatten schließlich noch fast zwei Wochen Zeit. Das sie etwas finden und kaufen würden, war ein ungeschriebenes Gesetz. Noch nie waren sie aus einem Urlaub heimgekehrt, ohne mindestens eine Kofferladung an Souvenirs mitzubringen.

Unmittelbar am kleinen Hafen, hielten sie vor einem Café. Das Al Porto war bereits gut besucht.

„Lass uns doch etwas trinken!", sagte Gudrun und war bereits an einem freien Tisch.

Friedhelm folgte ohne Murren. Gut zehn Minuten später hatten beide etwas zu trinken vor sich. Gudrun einen Hugo und Friedhelm einen Espresso, sowie einen Aperol Spritz.

25

Reichsbürger

Martin rannte nochmals zu dem Verhörzimmer, wo er wenige Minuten zuvor noch diesem Tobias versucht hatte einige Informationen zu entlocken.

Mit dem Haustelefon rief er die Bereitschaftspolizei an.

„Bringt mir bitte diesen Tobias Holzgruber noch einmal in die 3B! Doch sofort... Okay, danke..."

Martin drückte die Gabel und wählte erneut. Diesmal die Nummer seines Dezernatsleiters.

„Kommen Sie doch bitte noch mal in Verhörzimmer 3B! Doch... Ich habe neue Informationen... Ich denke es könnte wichtig sein... Ja ich warte... Der ist bereits unterwegs..."

Wieder legte Martin auf. Er ging ins Innere des Verhörzimmers und wartete. Es waren unendliche Minuten. Nach einer gefühlten Ewigkeit ging die Tür auf und der gleiche Polizist, der vor knapp 30 Minuten den Tatverdächtigen abgeführt hatte, brachte ihn wieder zurück. Der Polizist stellte sich wieder in die Ecke des Raumes, während Tobias Holzgruber ohne ein Wort wieder auf den Stuhl in der Mitte Platz nahm. Zur gleichen Zeit ging die andere Tür auf und M. betrat den Raum.

„Das ist Hauptkommissar Mlöbler, Dezernatsleiter! Er wird dieser neuerlichen Unterredung beiwohnen!", erklärte Martin genervt.

Tobias nahm diese Information teilnahmslos zur Kenntnis. Er blickte nicht mal auf. Martin fuhr fort.

„Während Sie hier auf eine Kooperation mit uns wohl keinen Wert legen, haben Kollegen der Spurensicherung Ihre Wohnung untersucht. Die sichergestellten Informationen und Gegenstände sind auf dem Weg hierher. Jedoch haben uns die Kollegen Fotos und Informationen zukommen lassen, die für Sie recht unangenehm werden könnten!"

Noch immer blickte Tobias nicht auf. Stattdessen klopfte er sich immer und immer wieder rhythmisch auf die Oberschenkel.

„Es wäre wirklich nur zu Ihrem Vorteil, wenn Sie mit uns Kooperieren würden!", schaltete sich M. nun ein, ohne zu wissen welche Informationen Martin überhaupt hatte.

„Ich sage nichts ohne meinen Anwalt! Es war völlig umsonst mich wieder hierher zu schleifen! Ich kenne meine Rechte als Staatsbürger!", zischte Tobias leise.

„Staatsbürger?", wiederholte Martin fragend.

M. blickte irritiert zu seinem Kollegen.

„Sollten Sie nicht lieber Reichsbürger sagen? Das sind Sie doch seit gut zwei Jahren? Oder etwa nicht?"

Der Dezernatsleiter blickte entsetzt zwischen Martin und diesem Tobias hin und her.

„Was macht das schon! Ob Staatsbürger oder Reichs-
bürger! Mir steht ein Anwalt zu und ohne den sage ich
hier nichts!"
„Hören Sie doch auf hier einen auf Paten zu machen.
Sie sind ein kleines erbärmliches Licht! Ein Niemand!
Ob mit oder ohne Anwalt! Es zögert alles nur noch
weiter hinaus. Meine Kollegen haben einige Dinge in
Ihrer Wohnung gefunden, die für Sie und diesen
Dimitri Arkim belastend sein könnten! Wenn Sie
nicht kooperieren, wird Ihnen auch ein Anwalt nicht
helfen können."
Noch immer trommelte Tobias Holzgruber auf seinen
Oberschenkeln herum. Sein Blick war weiterhin nach
unten gerichtet.
„Bringen Sie mir meinen Anwalt! Sofort! Ich werde
keine Angaben machen!", brüllte er nun und blickte
erstmals auf.
Sein Blick war leer und doch mit einem wahnsinnigen
Stechen. Seine Gesichtszüge verkrampft und furcht-
einflößend. Martin zuckte zusammen.
Auch M. schaute entsetzt.
„Wir haben Informationen über mögliche Taten von
Ihnen und Arkim gefunden. Des weiteren noch mehr
Waffen und Munition in größerer Menge.", machte
Martin weiter.
„Ich will zurück in meine Zelle! Bringen Sie mich
zurück! Sofort!", brüllte er wieder.

Martin gab dem Beamten ein Zeichen und dieser führte Tobias Holzgruber ohne weitere Worte wieder ab.

„Ihr werdet alle dafür bezahlen. Ihr werdet schon sehen, was Ihr davon habt, mich hier festzuhalten! Ich will zu Essen und zu trinken! Das steht mir zu! Ich bin ein „*Reichsbürger*" und kein Tier!", brüllte er beim Hinausgehen.

M. schaute noch immer irritiert. Martin hingegen pfefferte die Akte durch den Raum. Beide verließen ebenfalls wieder den Raum. Auf dem Flur kam ihnen ein Mann in Jeans und T-Shirt entgegen.

„Tschuldigung, Ich suche einen Tobias Holzgruber. Wissen Sie, wo ich den finden kann?"

Martin und M. blieben stehen.

„In der Zelle! Da wollte er wieder hin und diesem Wunsch haben wir entsprochen. Treppe runter und bei der BP nachfragen!", entgegnete Martin harsch.

„BP?"

„Bereitschaftspolizei! Die sind für solche Fälle zuständig.", erklärte Martin genervt.

Beide gingen weiter, blieben aber nochmals stehen.

„Was wollen Sie von dem? Sind Sie der Pflichtverteidiger?"

Der Mann nickte, ließ beide stehen und ging die Treppe hinunter. M. und Martin verschwanden wieder in ihre Büros.

Bis zur nächsten Vernehmung könnte es jetzt gut und gerne ein paar Stunden dauern. Hoffentlich war der

Pflichtverteidiger so gut, diesen Tobias zu einer Aussage zu bewegen. Die Spurensicherung hatte zwar genug Beweise gesichert, jedoch wusste man noch nicht in welche Richtung es ging. Auf der einen Seite konnte man ihm sicher nachweisen, dass er ein Reichsbürger war. Hier gab es genug gesichertes Material aus der Wohnung von Tobias Holzgruber. Was allerdings die Verbindung zu Dimitri Arkim bedeutete, konnte man zum jetzigen Zeitpunkt nicht erkennen. Sicher man wusste bereits, das Arkim kein unbeschriebenes Blatt war. Aber was eine mafiaähnliche Organisation mit einem Reichsbürger zu tun hatte noch weniger.

Martin erreichte sein Dienstzimmer. Das Telefon klingelte. Am anderen Ende war mal wieder die Bereitschaftspolizei.

„Was gibt es... Aha... Nein... Sch... Das... Das darf doch nicht wahr sein... Wann...? Ich komme sofort..."

Martin verließ schnellen Schrittes sein Zimmer und rannte über den Flur. Auf diesem begegnete er Doktor Löffler und Maria Zeflevkova.

„Jetzt nicht! Wir sehen uns später!"

Eine Minute später war er im Untergeschoß, da wo die Zellen des Präsidiums lagen. Es waren einfache Zellen, ausgestattet mit einer Pritsche, sowie Tisch und Stuhl. Hier wurden meist die Alkoholleichen zum Ausnüchtern untergebracht. Oftmals aber auch Kleinkriminelle, die hier erstmals verhört wurden und darauf warteten dem Haftrichter vorgeführt zu werden und gegebenenfalls überführt zu werden in die Justizvollzugsanstalt.

Genau in einer dieser Zellen lag jetzt Tobias Holzgruber. Leider nicht mehr ganz so lebendig wie noch vor wenigen Minuten im Verhörzimmer. Er lag auf dem Boden mit dem Gesicht nach unten. Neben ihm ein Becher, sowie die Reste eines belegten Brötchens. Es war unwahrscheinlich, dass dies der Grund für den derzeit schlechten Allgemeinzustand war. Tobias Holzgruber war tot. In seinem Rücken steckte ein etwa 10 Zentimeter langes Messer. Eine Blutlache zeigte an das das Messer mehr durchbrochen hatte als nur das Rückenmark.

„Na das ist ja mal eine schöne Scheiße!", sagte Martin als er den Toten erblickte.

„Das kannst du laut sagen. Wir wollten nachsehen, ob er fertig war. Wir hatten ihm etwas zu trinken und eine Kleinigkeit zu essen gebracht.", sagte einer der Uniformierten.

Martin blickte sich um.

„Wo ist denn sein Pflichtverteidiger?", fragte Martin.

Die Beamten schauten sich an.

„Der Pflichtverteidiger?"

„Ja, der Mann in Jeans und T-Shirt. Wir hatten ihn zu euch nach unten geschickt! Er wollte zu Tobias Holzgruber!", sagte Martin weiter.

„Bei uns war kein Mann. Und schon gar kein Pflichtverteidiger der zu Tobias Holzgruber wollte."

Die Spurensicherung erschien. Mit ihr auch der herbeigerufene Notarzt. Martin verließ den engen Flur mit den wenigen Zellen und ging ins Erdgeschoss. Er rannte ins Bereitschaftszimmer, in dem ein weiterer Kollege saß.

„Hast du hier einen Mann in Jeans und T-Shirt gehabt der zu diesem Holzgruber wollte. Der sich als Anwalt ausgegeben hat?"

Der Uniformierte schaute zu Martin und verneinte nur.

„Sch… So ein Mist!"

Martin stürmte aus dem Zimmer und lief die Treppe hinauf in sein Dezernat. Mittlerweile war allerhand los. Es hatte sich bis ganz nach oben rumgesprochen, was im Keller geschehen war. Er lief zu seinem Dezernatsleiter und ries ohne Ankündigung die Türe auf. M. schaute irritiert und verschreckt zu ihm. Mit ihm auch Doktor Löffler und Maria Zeflevkova.

„Holzgruber ist tot. Erstochen! Und sein angeblicher Pflichtverteidiger verschwunden!"

Die beiden Frauen schauten verschreckt und ängstlich zu Martin. M. stand von seinem Schreibtisch auf.

„Die Kollegen von der BP wissen auch nichts von einem Pflichtverteidiger! Der hat sich nie da unten angemeldet!", sagte Martin.

„Ich lasse sofort eine Fahndung rausgeben! Ich hatte ihn ja auch gesehen.", sagte M. und hatte bereits den Hörer in der Hand.

Die beiden Frauen saßen noch immer auf ihrem Platz, jedoch war ihnen anzusehen, dass ihnen die momentane Situation nicht behagte.

„Ich lasse sofort einen Kollegen kommen, der sich Ihrer annimmt!", sagte M. zu den Frauen gerichtet.

Martin rannte wieder hinaus und zurück ins Untergeschoss. Ihm war die Situation auch nicht ganz geheuer. Immerhin könnte der Täter noch in diesem Gebäude sein und zum jetzigen Zeitpunkt war nicht klar, ob es wirklich ein Pflichtverteidiger war.

Andererseits gab es keine andere Person, die kurz zuvor aufgefallen war. Und er musste schon recht leichtsinnig sein, wenn er sich nach so einer Tat noch in der Höhle der Löwen aufhalten würde. An allen Ein- und Ausgängen hatte man mittlerweile Kontrollen eingerichtet. Die Kollegen der Bereitschaftspolizei hatten neben ihrer normalen Pistole nun alle eine Schutzweste an und waren mit Maschinenpistolen ausgestattet.

Martin erreichte den Keller in Windeseile. Der Notarzt war bereits wieder weg. Es war schnell klar, dass da nichts mehr zu machen war. Die Spurensicherung, sowie ein Pathologe waren am Werk. Im Treppenhaus war ein lautes Poltern zu hören.

„Ah, die Bestatter kommen!" sagte einer der Beamten. „Na die werden ihren Spaß haben, Treppauf mit solch einem Brocken!" feixte der andere.

Martin blickte zum Pathologen, der gerade seine erste Untersuchung beendet hatte.

„Und Doc, können Sie schon was sagen?", fragte Martin.

„Nun, vor einer genauen Untersuchung in meinem Gewölbe nicht allzu viel. Die Personalien sind euch ja bereits bekannt. Seine Verfassung im lebenden vertikalen Zustand wird auch nicht mehr der Beste gewesen sein. Er hatte doch ein wenig zu viel auf den Rippen. Aber mal Spaß beiseite! Was ich schon sagen kann ist, dass er direkt tot war. Das Messer was von hinten eintrat, durchtrennte wichtige Nervenstränge im Rückenmark. Hätte er überlebt, dann nur noch im Rollstuhl mit einer ordentlichen Querschnittslähmung und eventuell noch einiges mehr. Schön wäre sein Leben nicht mehr gewesen. Das Messer aber durchschlug, nach jetzigem vorläufigem Kenntnisstand, zusätzlich noch die Lunge und das Herz. Ein Austritt der Messerspitze im vorderen Brustbereich konnte ich bereits feststellen. Deshalb auch das viele Blut. Weiteres aber erst wenn ich ihn auf meinem Tisch hatte."

Die Bestatter betraten den Raum. Als sie sahen was in den nächsten Minuten auf Sie zukommen würde, hörte man nur ein lautes Grunzen, gefolgt von einem unüberhörbaren stöhnen.

„Bis wann kann ich damit rechnen?" fragte Martin.

„Das kommt ganz auf diese Kollegen hier an!", sagte Doktor Bieler und schaute in Richtung der Bestatter.

„Wir tun was in unserer Macht steht, aber das wird nicht in fünf Minuten im Auto sein!", sagte einer der

Bestatter und deutete auf die sterblichen Überreste am Boden.

„Also ich denke mal heute Nachmittag. Vielleicht so gegen 16:00 Uhr werde ich ein erstes Ergebnis haben. Ich ruf dich an!"

„Danke, das wäre super!"

Martin drehte sich wieder um und verließ den Tatort. Beim Hinausgehen konnte er noch das Fluchen der Bestatter hören, die wohl bereits damit anfingen, den schweren Körper zu verpacken.

Martin rannte wieder nach oben. Auf dem Flur des Dezernates begegnete er seinem Chef, der mit dem Polizeirat im Gespräch war.

„Ähm Martin warten Sie. Ich muss mit Ihnen sprechen."

Martin blieb stehen und nickte dem Polizeipräsidenten zu. Dieser nickte mit einem Lächeln zurück.

„Ich warte im Büro.", sagte Martin und ging weiter.

Polizeirat Arno Schmitti war bereits vierzig Jahren bei der Polizei. Seine Laufbahn beging damals recht schleppend bei der Bereitschaftspolizei. Er hatte nie Ambitionen gehabt einmal Polizeipräsident von Stuttgart zu werden. Der Familienvater aus Oberfranken war immer bloß Durchschnitt gewesen. Vor etwa 20 Jahren jedoch rettete er dem damaligen Ministerpräsidenten von Bayern bei einem Angriff das Leben. Das war der Beginn einer späten, doch steilen Karriere bei der Polizei.

„Die Fahndung ist raus! Europaweit!" sagte M. wenig später im Büro.

„Die Presse postiert sich vor dem Gebäude! Die BP hat bereits alles abgesperrt und beginnt gerade den Ring um das Gebäude zu vergrößern. Somit bleibt es hier dann wenigstens einigermaßen ruhig.", erwiderte Martin.

M. nickte stumm. Es klopfte und ein Beamter der Bereitschaftspolizei trat ein.

„Wir haben eine Info vom Stuttgarter Flughafen bekommen, nachdem wir diesen Dimitri Arkim in den Interpol Computer eingespeist hatten. Sie informierten uns, dass er mit einer gecharterten Kleinmaschine nach Bergamo geflogen sei! An dem Tag an dem im Maritim dieser Vorfall war!", erzählte der Uniformierte.

„Das ist ja interessant. Versuchen Sie einmal herauszubekommen, welche Gesellschaft die Maschine geflogen hat und wer die Piloten waren! Am besten über die Kollegen am Flughafen! Die haben sicher die nötigen Kontakte.", sagte M..

Der Beamte nickte und verließ wieder das Büro. Martin atmete tief durch.

„Die Mafia also, hier in unserem Stu`gart!"

„Ich würde sagen Organisation! Mit so etwas macht sich die Mafia nicht die Finger schmutzig. Außerdem hätten die einen Profi zum Krankenhaus geschickt und nicht so einen Amateur.", sagte Martin.

„Ja, vielleicht haben Sie Recht Martin. Befragen Sie nochmal diese Maria Zev… Zaf… na Sie wissen schon wen ich meine. Vielleicht hat Sie noch eine Information, die uns weiterhilft.", wies M. ihn an.

Martin nickte.

„Ich werde auch noch einmal in der Pathologie vorbeischauen. Vielleicht hat der Doc schon irgendeine Neuigkeit für uns." sagte Martin und machte Anstalten das Büro zu verlassen.

„Ich kontaktiere mal unsere italienischen Kollegen. Vielleicht ist er dort bereits aufgefallen. Ach, und wegen der Presse ist Schmitti bereits dran. Das ist ja sein Gebiet."

Martin war bereits auf dem Flur und kurz vor seinem Büro.

„Martin! Wir müssen jetzt alle vorsichtig sein und einen kühlen Kopf bewahren!", rief M. über den Flur.

Martin drehte sich um.

„Das machen wir doch immer!", und verschwand in seinem Büro.

Dort wartete bereits Maria Zeflevkova, Doktor Löffler und ein Beamter der Bereitschaftspolizei.

„Ich brauche dich im Moment nicht.", sagte Martin an den Kollegen gerichtet.

26

In der Questura

In Italien hatte man von den Vorfällen in Deutschland noch nichts mitbekommen. Nicht jeder Vorfall, der auf der Welt passierte, wurde hier direkt publik gemacht. Da war die deutsche Presselandschaft schon von anderem Kaliber.

Botatzi und Di Gallo saßen beide in ihrem Büro und studierten noch immer die spärlichen Akten der beiden getöteten Türken, sowie des Vorfalles am vorigen Tag im Tunnel bei Tignale. Die beiden Leichen waren mittlerweile am Flughafen in Verona angekommen und mit einer Sondermaschine ausgeflogen worden. Die türkische Delegation aus Ankara befand sich noch immer am Gardasee und wertete die Unterlagen der Vorfälle aus. Wie lange das noch dauern würde war nicht klar. Auch ging das Gerücht umher, dass der Fall durch eine Einheit aus Rom übernommen werden sollte. Man befand, dass die kleine Questura am Gardasee dazu nicht im Stande sei.

„Im Bericht von gestern steht, dass im Alfa Romeo auf der Rücksitzbank Blutspuren waren. Sie stammen aber nicht von den beiden Personen auf den Vordersitzen!", unterbrach Di Gallo die Stille.

Botatzi blickte auf und sah ihn mit einem leeren Blick an.

„Haben Sie verstanden?"

„Ja, irgendwas mit Blut!", wiederholte Botatzi.

„Ich sagte, dass im Bericht von gestern etwas steht über Blutspuren im Alfa auf der Rücksitzbank. Sie stammen aber nicht von den Personen auf den Vordersitzen. Und meines Wissens war auch keine Person am Unfallort, die dort nicht zweifelsfrei zugeordnet werden konnte.", wiederholte di Gallo nun etwas ausführlicher.

Das Telefon klingelte und Botatzi hob instinktiv ab, ärgerte sich aber im gleichen Moment wieder, denn es war mal wieder die Vize Quetore.

„Botatzi… Ja, bin dran Seniora… Wie…? Aha… Ja… Wir kommen vorbei… Ja… Das machen wir… Ja… Nein Seniora, Matteo ist nicht hier… Aber natürlich… Ja… Ja…"

Botatzi legte auf, nahm die Unterlagen und winkte Di Gallo mit einer Handbewegung zu ihm zu folgen. Zwei Minuten später standen beide im Vorzimmer der Vize Questore und warteten.

„Oh Mist, wir haben Matteo vergessen! Die will ihn auch sehen!", schoss es aus Botatzi raus.

„Ich hole ihn Commissario!", erwiderte Di Gallo und war schon verschwunden.

Wenig später war er zurück. Im Schlepptau Matteo, der gar nicht erfreut über diese Unruhe war, die gerade stattfand.

„Kommen Sie rein! Avanti Avanti! Ich habe nicht den ganzen Tag Zeit!", schrie Susanna Luca von drinnen.

Alle drei betraten den Raum, der wie immer groß und viel zu leer aussah. Dottoressa Luca saß an ihrem Schreibtisch und schaute auf ihren Monitor.

Botatzi, Di Gallo und Matteo standen in einigem Abstand davor und warteten. Sie machte allerdings keine Anstalten ihre Tätigkeit zu unterbrechen.

Die Gallo räusperte sich. Über den Rand der Brille schaute sie alle drei an.

„Was sagt Ihnen der Name Dimitri Arkim?", begann sie langsam.

Matteo schüttelte direkt mit dem Kopf. Botatzi und Di Gallo grübelten. Botatzi hatte den Namen schon irgendwo einmal gehört, aber wo nur? Susanna Luca blickte alle drei an. Dabei klopfte sie langsam mit ihren langen Nägeln auf den Schreibtisch. Das klopfen wurde immer stärker und ihr Blick immer stechender.

„Nun, die Herren! Fällt Ihnen etwas dazu ein?", fragte sie nochmals.

Di Gallo verneinte nun auch. Ihm sagte er nichts. Er war gedanklich die letzten Wochen durchgegangen ob dort dieser Name aufgetaucht war. Leider ohne Erfolg.

Botatzi hingegen ließ sich nicht aus der Ruhe bringen. Irgendwo hatte er diesen Namen schon einmal gehört.

„Nun Commissario ich warte!", schaute Seniora Luca jetzt nur noch auf Botatzi.

„Der Name sagt mir etwas! Nichts Gutes zwar, aber er kommt mir bekannt vor. Ich kann ihn momentan nur noch nicht einordnen.", sagte Botatzi nun endlich.

180

Susanna Luca stand nun auf und ging zum Fenster. Sie schaute hinaus auf die Dächer und auf den Platz. Dabei hatte sie die Arme vor der Brust verschränkt.

„Dimitri Arkim gehört der Organisation an. Sie nennt sich auch Familie. Diese Organisation hat eine mafiaähnliche Struktur, wird aber von den Osteuropäern geführt. Rumänien, Albanien und das ehemalige Jugoslawien werden als Standorte und Herkunftsländer mit dieser Organisation in Verbindung gebracht. Unsere Mafia wie wir sie hier in Italien kennen, hat keinerlei Verbindung zu dieser Organisation und distanziert sich in aller Form davon. Sie ist immer mal wieder in Erscheinung getreten, bei verschiedenen Straftaten. In Turin zum Beispiel mit einem Mord an einem Bordellbesitzer, oder in Neapel mit Straßenprostitution. Gefasst hatte man nie einen von ihnen. Und wenn waren es immer nur die kleinen Fische."

Susanna Luca machte eine Pause und drehte sich um. Sie ging zurück zu ihrem Schreibtisch, blieb aber stehen. Botatzi, die Gallo und Matteo standen noch immer in einigem Abstand davor.

„Vor zwei Tagen ist einer von Ihnen in Stuttgart auf bestialische Weise in einem Hotel regelrecht hingerichtet worden. Unsere Mafia hat uns diese Information zugespielt, haben aber direkt zu verstehen gegeben, dass sie es nicht waren. Die Deutschen halten es noch geheim und versuchen so wenig wie möglich an die Öffentlichkeit dringen zu lassen."

Wieder eine Pause. Botatzi ging auf den Schreibtisch zu und setzte sich. Das hier schien deutlich länger zu dauern als die üblichen Gespräche mit seiner Chefin. Auch Di Gallo tat es ihm nun gleich, wenn auch etwas zögerlich und setzte sich auf den Zweiten noch verbliebenen freien Platz. Dottoressa Luca schaute leicht irritiert, sagte aber nichts. Matteo stand noch immer in einigem Abstand vor dem Schreibtisch. Es war sowieso kein Stuhl mehr frei.

„Dieser Dimitri Arkim ist vor etwa 24 Stunden aus Stuttgart mit einer gecharterten Maschine auf dem Flughafen von Bergamo gelandet. Das haben die Deutschen bereits herausbekommen und auch Interpol eingeschaltet. Dadurch ist es europaweit jetzt aufgeploppt.

In Bergamo jedoch verliert sich leider die Spur, oder sagen wir mal so, ab hier müssen unsere Behörden nun tätig werden. Man vermutet aber, dass er etwas mit dem Mord in Stuttgart zu tun hat. Die Identität des Mannes, der auf bestialische Weise hingerichtet wurde, ist noch nicht vollends geklärt. Es scheint sich aber um einen kurdischen Auftragskiller zu handeln. Man hat mehrere Ausweise und Dokumente bei Ihm gefunden. Zudem auch mehrere Waffen und eine Menge Munition."

Botatzi wurde nun hellhörig. Seine grauen Zellen fingen an zu rattern. Er ging in Windeseile alles der letzten Stunden durch.

„Seniora, Di Gallo und Ich, wir haben heute Morgen die Akten des getöteten türkischen Ehepaares, sowie dem schweren Unfall gestern am Ufer bei Tignale gesichtet. Hier sind einige Dinge, die nicht klar sind, aber jetzt, wo Sie all die Dinge erwähnen geben manche eventuell einen Sinn."

Dottoressa Luca schaute etwas irritiert. Botatzi sprach in Rätsel. Sie setzte sich nun wieder, schob den Monitor ihres Computers beiseite und stierte ihn regelrecht an.

„Nun, beim Mord an den Türken wurde ein Plastikteil gefunden. Vermutlich von einer Waffe. Zudem wurde das Projektil sichergestellt. Hier sollte unsere Spurensicherung sich vielleicht einmal mit der der Deutschen kurzschließen. Vielleicht hat der Mord in Stuttgart etwas mit dem in Tignale an den Türken zu tun!"

Susanna Lucas Blick hellte sich auf. Sie wusste auf einmal worauf Botatzi hinaus wollte. Doch er war noch nicht fertig.

„Bei dem Unfall am Ufer wurden laut Bericht im Fond des Alfa Blutspuren sichergestellt, die nicht von den Personen im vorderen Teil stammten. Also muss hier noch eine weitere Person gewesen sein, die allerdings nicht mehr am Unfallort war, als wir dort waren. Wer weiß, vielleicht ist Arkim näher als uns allen lieb ist!"

27

Aperol Spritz und Gelati, dazu Probleme im Don Vito

Die Situation im Don Vito war unverändert und schien von Minute zu Minute auswegloser zu werden. Draußen liefen immer mehr Passanten an den Fenstern vorbei. Die Sonnenstrahlen zauberten unentwegt Lichtspiele ins Innere des Restaurants.

Somit war es für Dimitri Arkim unmöglich zum jetzigen Zeitpunkt unbemerkt zu entkommen. Natürlich wollte er auch nicht bis in die Abendstunden hier verweilen. Und doch musste er sich was einfallen lassen. Er war hier mit drei Personen, die er nicht unbemerkt mitnehmen konnte. Beseitigen wäre möglich, aber mit dem regen Verkehr vor dem Restaurant, würde das wiederrum nicht unbemerkt gehen. Er hatte keinen Schalldämpfer dabei. Sein Knie erlaubte es ihm auch nicht schnellen Schritts zu flüchten. Also musste er sich was anderes einfallen lassen.

Seine Hand klammerte sich mehr denn je um den Schaft seiner Pistole. So sehr, dass sie bereits ganz blutleer war. Schweiß lief Dimitri die Stirn hinunter.

„Los aufstehen! Alle!", sagte Dimitri wie aus dem nichts. Paola erhob sich zuerst, gefolgt von Guiseppe.

Luigi wartete. Er wusste, dass es jetzt sehr gefährlich werden konnte, für jeden von ihnen.

„Aufstehen sagte ich! Das gilt auch für dich! Oder brauchst du eine extra Einladung!"

Dimitri richtete nun die Waffe gezielt auf Luigi. Ein leises Klacken war zu hören. Er hatte die Waffe entsichert. Luigi erhob sich langsam, ohne jedoch Dimitri aus den Augen zu lassen.

„In die Küche! Alle drei! Die Frau zuerst! Und keine Spielchen!"

Paola ging langsam in den hinteren Teil des Restaurants. Guiseppe und Luigi folgten ohne Verzögerung.

Nach dem Aperol Spritz, sowie der Limonade und dem Espresso erhoben sich Gudrun und Friedhelm nach fast einer Stunde und setzten ihren Weg fort. Den Platz am Ufer den sie hatten war traumhaft gewesen. Das musste selbst Friedhelm zugeben, der in dieser Zeit mehrere dutzend Bilder gemacht hatte.

„Lass uns noch ein wenig die Promenade entlang gehen. Es ist so herrlich heute.", sagte Gudrun verträumt.

Friedhelm nickte bloß und war bereits dabei weitere Bilder zu machen. Gudrun trottete langsam hinterher, aber nicht ohne an jedem Laden zu halten und die Auslage zu bewundern. Friedhelm entfernte sich unterdessen und war bereits am Schiffsanleger von

Limone, als Gudrun in einen der Souvenirläden verschwand.

„Mhhhhhhhhhhhh, wo ist Sie denn jetzt schon wieder? Andauernd diese Verzögerungen!", meckerte Friedhelm in sich hinein.

Es roch nach Zitrone. Friedhelm rümpfte die Nase und ging ein Stück weiter. Der Geruch von Zitrone in dieser Konzentration vertrug er nicht. Gudrun war immer noch nicht zu sehen.

„Ja meine Güte! Was macht die denn da! Es ist doch immer das gleiche!", meckerte er jetzt etwas lauter, so dass sich die ersten Touristen nach ihm umdrehten.

Friedhelm merkte es und lief rot an. Diesmal nicht vor Wut, sondern weil es ihm peinlich war. Er hatte mal wieder vergessen, dass er zwar fernab der Heimat war, aber ihn hier trotzdem fast jeder verstand.

Endlich bog Gudrun um die Ecke. In der Hand hatte sie eine Tüte. Ihr erster Einkauf. Friedhelm sah es und verzog sein Gesicht zu einer Grimasse. Wieder schauten mehrere Touristen. Er drehte sich um und schüttelte mit dem Kopf.

„Da bist du ja endlich! Ich habe dich schon vermisst und wollte dich suchen.", schleimte Friedhelm süffisant.

Jetzt verzog Gudrun das Gesicht.

„Lüg doch nicht. Du hast sicher wieder geflucht und gemeckert, so dass sich die Leute bereits nach dir umgedreht haben!"

Friedhelm sagte nichts mehr, sondern drehte sich um und ging weiter. Nach ein paar Metern war aber Schluss. Sie waren am Ende der Promenade angelangt. Vor ihnen führte eine schmale Gasse zum neuangelegten Fahrradweg, der in zwei Kilometern Entfernung begann. Dieser wurde für sehr viel Geld in den Felsen über dem See hineingebaut. Leider endetet er an der Grenze zum Trentin, etwa sechs Kilometer vor Riva del Garda. Man war sich noch nicht einig über die Kosten und so wurde der Fahrradweg, der einmal um den ganzen Gardasee gehen sollte, momentan nicht fertiggestellt. Sie drehten um. Um seine Frau nicht nochmals an einen der Souvenirläden zu verlieren, hielt er ihre Hand.

Paola, Guiseppe und Luigi waren in der Küche ange-kommen. Hier war es düster. Die Rollläden waren unten und die Sonne hatte keine Chance den Raum mit Licht zu durchfluten. Dimitri stand dicht hinter ihnen. Luigi konnte den Lauf der Pistole in seinem Kreuz spüren. Mit seiner freien Hand suchte er nach dem Lichtschalter.
Das grelle Neonlicht was kurz darauf flackerte, er-hellte den Raum in einem unnatürlichen Licht. Alle mussten für einen kurzen Moment blinzeln. Dimitri blickte sich um. Viel war nicht da. Das meiste war in den Schränken verstaut. Es war sauber und aufge-räumt. Nur der Staub zeugte davon, dass hier seit einiger Zeit nicht mehr gekocht wurde. Hier war der

Duft von Pizza und Pasta noch intensiver als im Gastraum.

„Was ist in den Schubladen und Schränken?", fragte Dimitri.

„Was so hineingehört in eine Küche!", erwiderte Luigi trocken.

Er spürte einen dumpfen Schmerz im Nackenbereich und taumelte nach vorne. Dimitri hatte ihm mit der Pistole einen Schlag in die Nackengegend versetzt. Luigi musste sich aufstützen. Er war kurz davor das Gleichgewicht vollends zu verlieren und das Bewusstsein zu verlieren. Paola schrie auf. Guiseppe blickte erschrocken auf Luigi.

„Das war eine Warnung! Ich hoffe sie ist angekommen! Die nächste wird anders ausfallen!", zischte Dimitri nun.

Luigi hatte sich wieder gefangen und rieb sich den Nacken. Der Schmerz ließ langsam nach. Er atmete ein paarmal schwer ein und aus. Luigi war nun gewarnt.

Dimitri rieß eine Schublade nach der anderen auf und blickte hinein. Danach waren die Türen dran.

„Was suchen Senior?", fragte Paola ängstlich.

Dimitri unterbrach seine Suche, richtete die Pistole auf Paola und blickte sie mit finsterem Blick an.

„Kordel und Klebeband.

„Senior, ein Kordel ist im Nebenraum bei Putzsachen. Eine Klebeband nicht hier. Das Restaurant geschlossen seit vielen Monaten. Nur die Utensilien hier, keine andere Dinge oder so.", erklärte Guiseppe.

Dimitris Blick ging umher. Mit ihm der Lauf seiner Waffe. Er wurde zunehmend nervöser. Noch immer lief Schweiß seine Schläfen hinunter und er verzog bei jedem Schritt schmerzverzerrt das Gesicht.

„Los, geh und hol die Kordel! Schnell! Und keine Tricks, sonst ist deine kleine Frau hier bei den Engeln!"

Dimitri richtete die Waffe nun direkt auf Paola, ohne die beiden anderen aus den Augen zu lassen. Guiseppe ging langsam in den Nebenraum. Luigi hatte noch immer Probleme mit dem Gleichgewicht. Er musste sich weiterhin aufstützen. Momentan war er weder eine Hilfe noch eine Unterstützung für Paola und Guiseppe. Wenige Sekunden später kam Guiseppe wieder. In der Hand hielt er eine Rolle Kordel.

„Los, zurück in den anderen Raum! Alle!", zischte Dimitri.

Die drei gingen langsam zurück in den Gastraum. Dimitri folgte langsam humpelnd. Die Waffe hatte er weiterhin auf die Gruppe gerichtet.

„Du, binde deine Frau an den Stuhl! Die Arme auf den Rücken und dann fest an den Stuhl. Anschließend die Füße!" befahl Dimitri an Guiseppe gerichtet.

Wenig später saß Paola gefesselt auf dem Stuhl. Guiseppe hatte wie befohlen seine Frau an den Stuhl gebunden und auch die Füße gefesselt.

„Nun Du! Schlaumeier komm her und binde den Pizzabäcker an den anderen Stuhl! Aber schön fest! Nicht das er sich befreit!", befahl er jetzt Luigi.

Kurz darauf war Guiseppe, wie seine Frau an den Stuhl gefesselt. Beide sagten keinen Ton. Paola liefen die ersten Tränen die Wangen hinunter. Sie hatte Angst.

„So und nun zu dir!"

Gudrun und Friedhelm hatten die andere Seite der Promenade erreicht. Hier war es nicht mehr so malerisch wie im alten Teil. Die Promenade war an dieser Stelle sehr breit und viele Händler booten ihre kleinen Boote für Touren und zum Cruisen an. Im hinteren Teil legte gerade die Fähre an, die mehrmals täglich Limone mit Malcesine miteinander verband.

Es roch nach frischer Pizza und Pasta. Die ersten Touristen saßen in den angrenzenden Restaurants und warteten auf ihr Mittagessen. Etwa 100 Meter weiter begann der Strand von Limone. Er bestand überwiegend aus Kieselsteinen. Viele Einheimische und Touristen waren bereits dort und genossen das kühle Nass.

„Komm lass uns bis zum Strand gehen. Ich möchte gerne ein wenig meine Füße ins Wasser halten." Sagte Gudrun und zog Friedhelm hinter sich her.

Der war überaus begeistert. Sein Gesicht verformte sich mal wieder zu einer Grimasse, was Gudrun nicht mitbekam. Am Strand ließ sie Friedhelm los und lief zum Wasser. Ihr Mann blieb in einigem Abstand stehen und schaute sich um.

„Gelati?"

Ein Mann zog am Hemd von Friedhelm. Als dieser sich umdrehte blickte er in einen grinsenden etwa Mitte vierzig alten, kleinen Italiener, der ihm ein Eis vor die Nase hielt.

„No Grazie!", erwiderte Friedhelm kurz.

„Scusi Senior! Sehr lecker!"

„Nein Danke!", erwiderte Friedhelm nun energischer.

„Oh, du Deutscher. Ich liebe Deutscheland! Habe dort gearbeitet. In Fabrik in Bochum!"

Friedhelm rang sich ein gequältes Lächeln ab.

„Das ist schön für Sie!", erwiderte er nur wieder kurz.

Der Italiener verzog nun seinerseits das Gesicht und wendete sich ab von Friedhelm. Mit seinem Gelati ging er weiter den Strand entlang. Gudrun kam zurück. Ohne Schuhe auf den feinen Kieselsteinen ging sie wie auf Eiern. Friedhelm musste grinsen als er das sah, da sie wohl mehrfach einen spitzen Kieselstein erwischte und dann versuchte völlig ungelenkig und schnellen Schrittes diesem zu entkommen.

„Brrrrrr… ist das Wasser kalt! Ich kann gar nicht verstehen, wie die ganzen Leute hier, so mir nichts dir nichts da hineinspringen.", sagte sie an Friedhelm gewandt.

Friedhelm nickte nur. Er war schon wieder damit beschäftigt Fotos zu machen. Gerade fuhr das Schnellboot am Strand vorbei. Der Wellengang, den es produzierte, war gigantisch. Währenddessen redete Gudrun einfach weiter.

„Da waren Familien im Wasser mit Babys. Stell Dir das mal vor. Die armen Babys. Die erfrieren doch bei diesen Temperaturen... Friedhelm! Hörst du mir eigentlich zu?"

Gudrun stieß ihren Mann just in dem Augenblick in die Seite, als er ein weiteres Foto des Schnellbootes machen wollte. Er erschrak und verwackelte es total. Ein weiterer Schnappschuss war nicht mehr möglich. Das Boot war zu weit weg und nur noch von hinten zu sehen.

„Ohhhhh man, was soll das! Jetzt ist es weg! Musste das sein Gudrun?"

„Stell dich nicht so an! Du hörst mir auch nicht zu. Ständig diese blöden Bilder!"

Friedhelm war bedient und packte seine Kamera weg. Gudrun ging an ihm vorbei und machte sich zurück Richtung Promenade. Er folgte ihr in einigem Abstand, nicht ohne den einen oder anderen Fluch in Richtung seiner Frau. Am Spezialitätengeschäft hatte er sie wieder eingeholt. Beide setzten ihren Weg schweigend nebeneinander fort.

28

Denglisch ist nicht Italienisch

M. versuchte im besten Schwäbisch mit den italienischen Kollegen in Kontakt zu treten.

Die letzten Gespräche in der Vergangenheit, die er mit den Kollegen südlich der Alpen hatte führen müssen, waren leider nie von Erfolg gekrönt gewesen. Irgendwie wollte es nie so recht klappen mit der Kommunikation.

Noch schlimmer aber waren auf europäischer Ebene nur die Franzosen. Hier verzichtete er direkt auf den persönlichen Kontakt und versuchte lieber schriftlich an seine Informationen zu kommen. Italien aber liebte er. Das Essen, der gute Wein, die Herzlichkeit. Gerade deshalb versuchte er es immer wieder. Auch dieses Mal. Aber bereits zu Beginn des Gespräches war eines wieder klar. Sie verstanden ihn noch immer nicht. Was allerdings auf Gegenseitigkeit beruhte. M. verstand seinen Kollegen aus Bella Italia ebenso wenig.

„Buon giorno! Mein Name ist Mlöbler. Scusi…? Mein Name ist Mlöööbler aus Schtuttgart… Si… No… Prego…? Aber nein… Mlööööbler… Si… Si… Hääääää… Grazie… Aber…? Aufgelegt, einfach aufgelegt!"

M. warf den Hörer seines Telefons auf die Station. Er war gerade bedient! Keiner hatte ihn verstanden. Dabei hatte er ansatzweise versucht auch mal den einen oder anderen Satz Hochdeutsch zu sprechen. Irgendwie wollte ihn aber heute niemand verstehen. Und ehrlich gesagt, er hatte seinen gegenüber auch nicht im Geringsten verstanden. Er gab aber nicht auf. Nicht bei seinem geliebten Italien.

Nächster Versuch…

„Hello, my name is Mlöbler. I am the Dezernatsleiter from the Schtuttgart police department… Ohhh… you are not verstehen me! Sorry…? Ok I werde write a Nachricht… Please? Ja I have the mail Adresse… OK… Bye!

Er legte auf und blickte einen Augenblick starr auf seinen Bildschirm.

„Ein sehr gutes Gespräch! Sehr informativ! Hach die Italiener, einfach ein nettes Völkchen!", sagte M. zu sich selbst.

Dann fing er an im besten Englisch mit Schwäbischem Einschlag die Mail an die Kollegen in Italien zu verfassen. Auch ein paar italienische Worte baute er mit ein. Nach knapp dreißig Minuten blickte er hochzufrieden auf seine fünf Sätze umfassende Anfrage an die italienischen Kollegen. Er drückte den „senden" Button und wartete. Minuten später saß er immer noch vor seinem Computer und wartete.

„Die Kollegen sind wohl in der wohlverdienten Pause?!", sagte er wissentlich zu sich selbst.

Etwa 600 Kilometer südlich saßen noch immer alle bei Susanna Luca. Das Thema Dimitri Arkim war noch immer nicht fertig diskutiert. Im Gegenteil! Noch immer war man damit beschäftigt die Daten des Unfalls auszuwerten und eine mögliche Beteiligung von Arkim festzustellen.

„Also meine Herren! So kommen wir nicht weiter! Das sind doch alles nur Vermutungen! Wir brauchen verlässliche Indizien. Matteo forschen Sie doch mal nach ob es irgendwelche DNA-Angaben in unserem System gibt, und wenn nicht, forschen Sie mal bei den Kollegen der Interpol!"

Matteo nickte und machte sich eine Notiz.

„Direkt Seniora?"

„Nein Matteo, nächste Woche ist völlig ausreichend! Lassen Sie ihn erst einmal sacken, den Auftrag! … Natürlich jetzt!!!"

Matteo zuckte zusammen. Er machte kehrt und verließ den Raum. Susanna Luca schaute ihm hinterher und schüttelte mit dem Kopf.

„Ein Einfältiger Beamter. Aber auch immer zur Stelle, wenn man ihn braucht. Loyal und zu hundert Prozent Polizist.", kommentierte sie ihr Kopfschütteln.

Auf Susanna Lucas Computer blinkte die Information einer neuen E-Mail auf. Zeitgleich ertönte ein Bing. Sie blickte kurz darauf und schaute dann wieder zu Botatzi und Di Gallo. Beide schwiegen und blickten sie erwartungsvoll an.

Dottoressa Luca spielte mit ihrer Computermaus und öffnete die E-Mail. Es war eine weitergeleitete von der Direktion aus Verona, die der in Riva del Garda vorgesetzt war. Sie musste schmunzeln als sie die Mail las. Aus dem schmunzeln wurde ein gellendes Lachen. Botatzi und Di Gallo schauten sie erschrocken an. So hatten sie ihre Chefin noch nie erlebt.

„Ich habe gerade eine E-Mail vor mir. Von den Kollegen aus Deutschland. Entschuldigung! Aber wenn Sie das hier lesen…"

Wieder konnte sie nicht einhalten und musste laut Lachen. So sehr, dass ihr Tränen über die Wangen liefen. Nach etwa zwei Minuten hatte sie sich wieder gefangen. Susanna Luca versuchte die Mail vorzulesen.

„Hören Sie zu… Buon giorno colleagues. My name is Mlöbler. I am the Dezernatsleiter from the Stuttgart police department. We have here a Fall from organisation Kriminalität and need your Hilfe. Es geht um Dimitri Arkim. Please contact me. Grazie. Ciao Mlöbler…"

Jetzt mussten alle drei laut lachen. Susanna Luca las es nochmals vor und wieder lachten alle drei. Mittlerweile war auch Matteo wieder zurück, schaute aber nur ganz reserviert und wusste nicht was er tun sollte. Aus Solidarität mitlachen oder einfach nur doof dastehen und warten. Er entschied sich spontan für das oder.

Dottoressa Luca griff zum Telefon und wählte die Nummer, die unter der E-Mail stand. Nach dem zweiten Klingeln hob die Person am anderen Ende ab, Mlöbler.

Susanna Luca sprach neben Italienisch und Englisch, auch einige Worte Deutsch. Das war oftmals ganz hilfreich, gerade hier am Gardasee, wo fast jeder zweite in der Hochsaison Deutsch sprach. Das kam auch Mlöbler sehr gelegen, der regelrecht aufblühte. Nach gut zehn Minuten war das Gespräch beendet. Man einigte sich erst einmal darauf die Informationen auszutauschen und dann nochmals zu telefonieren.

„Schicken Sie die Unterlagen zu dem Deutschen Kollegen. Ich leite Ihnen die E-Mail direkt weiter. Vielleicht gibt es einen Zusammenhang."

M. sprang auf und verließ sein Dienstzimmer. Auf direktem Wege stürmte er in das Büro von Martin Schunk. Dort traf er ebenfalls wieder auf Doktor Löffler und Maria.

„Ich habe mit Italien telefoniert. Wir haben uns darauf verständigt die Informationen auszutauschen. Können Sie bitte alles zusammentragen und an mich weiterleiten Martin?"

„Ja, mache ich. Schauen Sie Chef!"

Martin deutete auf den kleinen Fernseher in der Ecke auf dem gerade ein Nachrichtensender ausführlich über die Vorfälle in Stuttgart berichtete und bereits Parallelen mit Italien zog. Doktor Löffler und Maria blickten ebenfalls seit einigen Minuten gespannt auf den Bildschirm und hatten gar nicht mitbekommen das M. im Raum war.

„Also ist es doch bereits an die Öffentlichkeit gedrungen! Dank unseres sehr guten Medienaufkommens!", kommentierte der Dezernatsleiter den Bericht im Fernseher.

Wieder ging die Tür auf. Diesmal stand der Polizeipräsident in der Tür.

„Ohhh... Sie wissen es also auch bereits! Es geht durch die gesamte Presselandschaft. Mich hat gerade schon der Innenminister kontaktiert. Ich muss ihm in der nächsten halben Stunde berichten. Herr Mlöbler würden Sie mich hier bitte gleich unterstützen?"

Dieser nickte nur.

„Wir machen es bei mir im Zimmer. Ich habe in zwanzig Minuten den Conference Call. Bitte seien Sie pünktlich!", sagte Schmitti und verließ wieder das kleine Büro.

Auch M. machte Anstalten das Büro zu verlassen.

„Ich leite Ihnen die E-Mail aus Italien weiter, sobald ich diese bekommen habe. Bitte senden Sie dann alle Unterlagen, die uns momentan vorliegen an die dortigen Kollegen. Ich muss mich auf den Call mit dem Innenministerium vorbereiten. Halten Sie mich auf dem Laufenden"

Zehn Minuten später ploppte die Mail von M. bei Martin auf. Weitere zwei Minuten später saß er, sowie Doktor Löffler und Maria lachend und mit Tränen in den Augen vor dem Computer. Er hatte die E-Mail seines Chefs bereits zum dritten Mal gelesen. Nachdem er sich langsam beruhigt hatte schickte er die Unterlagen, die seine Dienststelle hatte, an die Adresse in Italien zurück.

Auch bei Dottoressa Luca in Riva del Garda kamen die Informationen aus Deutschland gerade an. Sie öffnete die Mail. Diesmal gab es nichts zu lachen. Die Mail war im guten Englisch verfasst, ohne Spuren von Italienisch oder sonst einer wirren Sprache. Sie sichtete das Material. Neben den Berichten über eine Person Namens Tobias Holzgruber, sowie einem Mord in einem Stuttgarter Hotel, waren auch noch die Daten von Dimitri Arkim über deren Reise vom Stuttgarter Flughafen nach Bergamo enthalten. Mit einem Klick leitete sie die Informationen an Botatzi und Di Gallo weiter. Dann widmete sich Dottoressa Susanna Luca erst einmal wieder den Kochrezepten im Internet. Nach ein paar Minuten entschied sie sich jedoch auf das Kochen zu verzichten und Essen zu gehen.
Sie reservierte sich einen Tisch beim Nobelitaliener. Das machte sie fast jeden zweiten Tag, nachdem sie sich die Rezepte im Internet angeschaut hatte. Susanna Luca konnte nicht einmal ein Spiegelei zubereiten. Bei ihr würde selbst das Nudelwasser anbrennen.

Botatzi hatte die Mail bereits bekommen und war dabei diese auszuwerten. Er fing ganz oben an. Vom Nebentisch war bereits ein Grunzen zu hören. Auch er versuchte ein Lachen zu unterdrücken. Leider ohne Erfolg! Gleichzeitig fingen beide an laut loszulachen. Auch ihnen liefen die Tränen die Wangen hinunter. Mlöblers E-Mail hatte sehr gute Chancen es bis zur nächsten Weihnachtsfeier zu schaffen.

Vielleicht sogar eines Tages auf einer der sozialen Plattformen. Botatzi scrollte weiter und fand die sehr unspektakuläre Mail des anderen deutschen Kollegen. Di Gallo hatte bereits damit begonnen die einzelnen Anlagen auszudrucken. Der alte Drucker in der Ecke war dabei alles auszuspucken was er an Daten zugeschickt bekam. Jetzt war recherchieren angesagt.

Leider war das aus ihrer Sicht nicht gerade einfach. Alle Protokolle und Unterlagen waren natürlich in Deutsch. Aber das gleiche Problem würden die Deutschen mit ihren Unterlagen haben, die natürlich alle in Italienisch waren.

„Das wird ein langer Tag heute. Ich hoffe Sie haben nichts vor Tomaso!", sagte Botatzi an Di Gallo gerichtet.

„Ich habe es gerade verschoben. Jetzt könnten wir jemanden gebrauchen der diese Sprache versteht.", erwiderte Di Gallo.

29

Flucht aus Tignale

Dimitri Arkim hatte die Pistole auf Luigi gerichtet.

Sie standen an der Tür des Restaurants. Guiseppe und Paola saßen weiterhin gefesselt auf den Stühlen und regten sich nicht. Paola hatte sich wieder ein wenig beruhigt. Guiseppe schwitzte.

„Wir zwei werden einen kleinen Ausflug machen. Du machst keinen Mucks oder sonstige Späßchen, sonst zeigt Dir mein kleiner Freund mal, wie schnell er ist und wie sehr er Schmerzen zufügen kann. Haben wir uns verstanden!"

Luigi nickte nur. Er wusste, dass er keine Sekunde zögern würde die Waffe zu benutzen. Weder gegen ihn noch gegen Paola und Guiseppe. Letztere ging es zu schützen.

„Los nimm die Schlüssel. Wo steht das Auto?"

Guiseppe zeigte zum Hinterausgang.

„Botatzi hier. Sergente ich möchte gerne, dass Sie die Gegend um Tignale absuchen... Si, setzten sie weitere Streifenwagen ein und führen Sie Fahrzeugkontrollen durch... Si, auch oben in Odesio und Gardola... Melden Sie sich oder Ihre Kollegen, wenn es was Auffälliges gibt!"

Dimitri und Luigi verließen das Restaurant durch den Hinterausgang. Dort stand im Hof der alte Fiat Panda von Guiseppe. Der alte Wagen hatte schon gut zwanzig Jahre auf dem Buckel. Das ehemals knallige rot war mittlerweile sehr verblasst. Rost hatte der Wagen aber dennoch keinen. Das lag sicherlich zum einen an dem sehr milden Klima hier, aber auch daran, dass Guiseppe den Wagen pflegte. Keine Delle, keine Schramme war zu sehen.

„Du fährst! Keine Stunts oder sonstige Heldentaten. Wir wollen doch alle heil aus dieser Sache rauskommen.", zischte Dimitri und nahm auf der Beifahrerseite Platz.

Luigi startete den Wagen. Er blickte noch einmal auf das Don Vito und fuhr dann langsam los. Die Straßen und Gassen in Gardola waren teilweise sehr eng und verwinkelt. Daher ging es den größten Teil nur im Schritttempo voran. Immer wieder waren Touristen oder Einheimische auf der Straße, die nur langsam zur Seite gingen.

„Wo soll ich hinfahren?"

„Erst einmal raus aus diesem Ort hier! Runter an den See! Dann sehen wir weiter!", gab Dimitri kurz zurück.

Luigi nickte nur leicht und fuhr weiter durch die engen Gassen, um aus dem Ortskern zu gelangen. Die Hauptstraßen waren gut ausgebaut und hatten auch wieder die gewohnte Breite.

„Hier Streifenwagen 21! Haben Posten am Ausblick in Odesio bezogen und fangen mit den Kontrollen an! Ende!"

Der kleine Panda hatte die engen Gassen geschafft und war auf der Hauptstraße angelangt. Luigi lenkte den Wagen langsam die ersten Serpentinen hinunter. Die Restaurants an der Straße öffneten gerade. Das Mittagsgeschäft war bereits die erste große Herausforderung. Luigi staunte nicht schlecht. Die Leute standen bereits mittags Schlange für Pizza und Pasta. Das hatte er so in den vergangenen Monaten nie beobachtet.
Beide fuhren an der alten Kirche von Gardola vorbei, die heute mehr ein Museum wie ein Gebetshaus war und verließen nun den Ort. Es folgte Wald und wieder Serpentinen. Die Bordsteine waren an diesen Stellen sehr hoch.

Hier Streifenwagen 39! Auch wir haben Position bezogen bei Streifenwagen 21 und kontrollieren den Gegenverkehr! Noch keine Auffälligkeiten! Ende!"

Wenige Autos kamen Luigi und Dimitri entgegen. Der kleine Panda beschleunigte bei diesem Gefälle rasch auf die vorgeschriebene Geschwindigkeit. Luigi erblickte als erstes den Polizeiwagen auf der Aussichtsplattform etwas unterhalb. Sein Beifahrer schien ihn noch nicht bemerkt zu haben. Er fuhr weiter. Der

Wagen passierte die nächste große Serpentine und kam nun zur Aussichtsplattform. Nun erblickte auch Dimitri die Wagen der Carabineri.

„Los, los, Gas, Gas…!"

Luigi gab nur unmerklich mehr Gas. Dimitri wurde nervös und fing an mit seiner Waffe herumzufuchteln. Der Panda fuhr um die nächste Kurve. Wagen 21 war bereits aufmerksam geworden. Mitten auf der Straße stand der Sergente und winkte zum Halten. Luigi ging merklich vom Gas.

„Ich sagte doch Gas! Los jetzt!", schrie Dimitri und hielt seine Waffe auf Luigi.

Dieser verminderte weiter merklich die Geschwindigkeit. Dimitri hielt ihm die Waffe an die Schläfe. Luigi vernahm ein Klacken. Dann griff er ihm ins Lenkrad und schlug ihm die Waffe gegen den Kopf. Luigi verlor für einen kurzen Augenblick die Kontrolle. Er drückte das Gas durch. Durch das Eingreifen von Dimitri streiften sie den Beamten. Dieser schlug mit einem dumpfen Schlag zuerst auf die Rand der Motorhaube und wurde dann zur Seite geschleudert. Luigi versuchte wieder das Lenkrad unter Kontrolle zu bekommen. Der kleine Panda schlitterte auf die Gegenfahrbahn. Der zweite Beamte zog seine Waffe. Dimitri öffnete sein Fenster und eröffnete das Feuer auf den anderen Sergente. Er traf ihn mit zwei Schüssen, einmal am Bein und in der Brust. Er sackte zusammen. Luigi, dadurch völlig geschockt machte eine Vollbremsung. Dimitri schlug ungebremst gegen die Frontscheibe. Luigi öffnete die Tür und stürzte hinaus. Der Panda rollte langsam weiter. Von der Aussichtsplattform kamen die beiden Beamten des anderen Streifenwagens angelaufen. Luigi der mit dem Kopf auf dem Asphalt aufgeschlagen war, nahm diese Sekunden nur verzerrt war. Die Stimmen, die er in diesem Moment vernahm, waren dumpf und für ihn weit weg. Er hörte Schüsse. Einige der Projektile schlugen unmittelbar neben ihm ein. Er sah Dimitri der versuchte noch auf ihn zu schießen, als er ans Steuer des Pandas kletterte. Die beiden Beamten eröffneten ebenfalls das Feuer. Dimitri schoss zurück und traf einen weiteren Beamten am Bein. Der Panda heulte auf. Dimitri gab Gas und entfernte sich mit quietschenden Reifen.

„Hier Streifenwagen 21! Wir wurden angegriffen! Erbitten dringend Hilfe! Drei Beamte und eine Zivilperson verletzt! Bitte Krankenwagen zu unserem Kontrollpunkt! Täter ist flüchtig in Richtung See! Ich wiederhole! Der Täter ist flüchtig in Richtung See!"

Luigi rappelte sich auf. Er hatte eine Platzwunde am Kopf und einige kleine Abschürfungen an Händen und Armen. Noch immer war er leicht benommen.
Die Straße sah aus wie ein Schlachtfeld. Polizisten die verletzt auf dem Boden lagen und vor Schmerzen schrien. Überall war Blut. Auf beiden Seiten hielten nun Autos, meist Touristen, und versuchten zu helfen.

Der Sergente mit den beiden Schussverletzungen hatte es am schlimmsten getroffen. Hier waren bereits zwei Ersthelfer und versuchten ihn zu reanimieren. Der andere Sergente mit der Schussverletzung im Bein wurde ebenfalls erstversorgt, war aber bei Bewusstsein und saß im Schatten. Luigi saß zusammen mit dem Sergente der kurz vorher über den Panda geflogen war, ebenfalls im Schatten. Dieser hatte auch eine Platzwunde am Kopf. Zudem schien der Arm gebrochen zu sein. Er hing etwas angewinkelt, aber unnatürlich am Körper.

Aus der Ferne waren bereits die Sirenen von Carabinieri und Krankenwagen zu hören.

Der unverletzte Sergente kam zu Luigi und beugte sich hinunter.

„Wer sind Sie und was ist hier passiert? Warum waren Sie in dem Wagen und warum wurde das Feuer eröffnet?"

Luigi erzählte in knappen Worten was passiert war.

„Hier Wagen 1. Wir sind ebenfalls unterwegs zum Tatort. Bitte kurze Lageeinschätzung, wenn die ersten Unterstützer vor Ort sind! Werden in etwa 10 Minuten ebenfalls dort sein!"

Die ersten Rettungswagen trafen ein. Mit ihnen auch Fahrzeuge der Carabinieri. Einer der Wagen wurde direkt nach Gardola gesandt. Luigi hatte zwischenzeitlich alle Informationen an den Sergente gegeben und dieser veranlasste, dass im Don Vito direkt ein Wagen vorbeischaute. Die Versorgung der Verletzten übernahmen nun die Einsatzkräfte. Die Straße war mittlerweile in beide Richtungen großräumig abgesperrt. Eine Fahndung mit dem Kennzeichen des roten Pandas wurde ebenfalls rausgegeben.

Genau 10 Minuten später trafen auch Botatzi und Di Gallo am Ort des Geschehens ein.

30

Schüsse in Tignale und
ein Food-Koma in der Pathologie

Gudrun und Friedhelm zuckten ebenso zusammen, wie ein Großteil der Touristen. Trotz der gut 10 Kilometer Luftlinie, waren die Schüsse in Tignale deutlich zu hören. Dies lag sicherlich an den vielen Bergen, die im Norden des Sees das Bild prägten.

„Was war das denn? Hörte sich an wie ein Schuss?", meinte Gudrun erschrocken.

„Ein Schuss ist gut! Das war meiner Meinung ein ganzes Magazin!", meinte Friedhelm fachmännisch.

„Mhhhhhhhh… Das kann auch täuschen mit den Bergen hier!"

Beide waren auf dem Weg zum Auto. Sie wollten den Nachmittag auf der Terrasse ihrer Ferienwohnung verbringen, bevor es am Abend zum Italiener ging. Mittlerweile waren die Gassen von Limone brechend voll.

Etwa 600 Kilometer nördlich war es nicht so schön. In Stuttgart regnete es mal wieder. Die Temperaturen waren ebenfalls deutlich im einstelligen Bereich und das obwohl Sommer war.

Doktor Löffler war mit Maria in der Cafeteria des Präsidiums. Sie hatten beide verboten bekommen das Gebäude zu verlassen.

Seitdem Tobias Holzgruber ein jähes Ende fand und die Fahndung für diesen angeblichen Pflichtverteidiger raus war, herrschte sowieso eine angespannte Stimmung.

Martin Schunk wartete ungeduldig auf die ersten Informationen aus der Gerichtsmedizin. Zudem hätte schon längst eine erste Einschätzung der Spurensicherung auf dem Tisch liegen müssen.

Er schaute aus seinem Fenster in den verregneten Stuttgarter Himmel. Von Sonne war, wie die letzten Tage, weit und breit nichts zu sehen. Stattdessen dicke Wolken, kühler Wind und Dauerregen. Ein typisch deutscher Sommer.

Ein kurzes Klopfen schreckte ihn auf. Er drehte sich um und schaute in die Augen von Harald Schlüter. Er war Angehöriger der Stuttgarter Spurensicherung und hielt Martin eine Akte entgegen.

„Ich denke darauf wartest du bereits sehnsüchtig! Sorry, Ging leider nicht früher!"

Damit drehte er sich um und war auch schon wieder verschwunden. Martin öffnete die Akte. Sie enthielt in kurzen Worten, alles was auf die Schnelle von der SpuSi sichergestellt wurde. Dazu noch jede Menge Bilder des Tatorts, von Tobias Holzgruber und sichergestellten DNA-Spuren.

Martin überflog Text und Bilder. Es stand allerdings nichts Brauchbares drin. Das Telefon klingelte. Gedankenverloren hob Martin ab.

„Ich bin's Bieler. Ich bin noch nicht ganz fertig mit den Untersuchungen. Aber ich hätte vielleicht etwas Interessantes für Dich!"

„Grüß dich Anton! Das ging ja schneller als versprochen! Dann lass mal hören. Die Spurensicherung war auch gerade da. Aber die hatte nichts Interessantes herausgefunden!"

Martin hörte ein Rascheln. Dann war es für einen kurzen Augenblick still.

„Also... der Tote in eurem Keller ist nicht nur an dem Messerstich im Rücken gestorben!"

Wieder herrschte Stille in der Leitung. Martin hasste solche Gespräche, wo der gegenüber immer Spannung produzieren wollte. Er wurde ungeduldig.

„Anton, bitte! Ich bin nicht interessiert an einer Rätselstunde! Also bitte!"

„Du gönnst mir aber auch gar nichts! Nicht mal diesen Moment... Also gut! Tobias Holzgruber, wäre ihm nicht das Messer zuvorgekommen, wäre an den Folgen eines Food-Komas gestorben!"

Wieder Stille. Martin fing an leise zu grunzen. Aus dem grunzen wurde ein gellendes Lachen.

„An was bitte Anton? Food-Koma? Was zur Hölle ist das bitte schön!"

Noch immer konnte er sich nicht beruhigen. Es dauerte noch einige Sekunden, bis Martin sich wieder gefangen hatte und Anton Bieler, erklären konnte was damit gemeint war.

„Ein Food-Koma bekommen Menschen, die sich systematisch überfressen haben. Unkontrolliertes Hineinstopfen von Essen. Das geht soweit, das innere Blutungen auftreten können und die Person entweder irgendwann innerlich verblutet oder vorher in ein Koma fällt. Bei Tobias Holzgruber ist beides nicht eingetreten, da das Messer schneller und effizienter war. Aber wenn der Vorfall mit dem Messer nicht gewesen wäre, wäre er an den Folgen des Food-Komas gestorben. Er hatte innere Blutungen, die bereits die Bauchhöhle eingenommen hatten. Es war nur noch eine Frage von Minuten, vielleicht Stunden gewesen. Entweder er wäre in ein Koma gefallen oder an den inneren Blutungen qualvoll gestorben. Erstickt sehr wahrscheinlich. Zu retten war er jedenfalls nicht mehr."

Wieder herrschte Stille. Kein lautes grunzen und kein Lachen war mehr zu hören.

Luigi saß noch immer in der Ecke am Boden. Die verletzten Polizisten hatte man bereits abtransportiert. Botatzi und Di Gallo die seit der Ankunft damit beschäftigt waren Beweise am Unfallort zu sichern, standen nun bei Luigi.

„So sieht man sich wieder Senior…!"

„Schifferle, Luigi Schifferle!"

Botatzi klopfte sich an den Kopf. Er konnte sich einfach keine Namen merken.

„Bitte entschuldigen Sie Senior. Mein Namensgedächtnis…"

„Ich weiss Commissario! Sie erwähnten es bereits!"

Die beiden setzten sich zu Luigi und beobachteten zunächst zusammen das rege Treiben. Noch immer war die Straße in beiden Richtungen gesperrt. Nur noch ein Polizeiwagen war da. Fahrzeuge der Gemeinde waren bereits vor Ort und fingen an die Spuren des Vorfalls zu beseitigen.

„Ich gehe mal davon aus, dass Sie nur rein zufällig hier hineingeraten sind?", fragte Botatzi und blickte dabei starr geradeaus.

„Was glauben Sie denn? Ich habe sicher besseres zu tun, als hier Bonnie und Clyde zu spielen!", antwortete Luigi leicht pikiert.

Beide schauten jetzt starr geradeaus.

„Kennen Sie diesen Herrn?", fragte Di Gallo in die Stille hinein und hielt Luigi das Handy vors Gesicht.

„Kennen ist zu viel gesagt. Es war eher unbeabsichtigt und unfreiwillig.", kommentierte Luigi das Bild auf dem Dimitri Arkim zu sehen war.

„Erzählen Sie, prego!", sagte Botatzi interessiert.

„Also gut. Alles fing damit an…"

Luigi erzählte und fing beim gestrigen Abend an, die unfreiwillige Nacht im Don Vito, das Aufeinandertreffen mit Arkim dort, bis zu dem Vorfall an dieser Stelle. Botatzi und Di Gallo hörten aufmerksam zu ohne Luigi dabei zu unterbrechen. Der Sergente machte sich immer wieder Notizen und nickte einige Male. Nach gut zehn Minuten war Luigi fertig.

„Wir werden alles zu Protokoll nehmen müssen. Dazu möchten wir Sie bitten bei uns vorbeizuschauen. Die beiden anderen Personen aus dem Don Vito werden wir ebenfalls dazu befragen.", sagte Botatzi.

Luigi nickte nur und blickte wieder starr nach vorne.

„Wenn es Ihnen recht ist, gleich morgen Vormittag. Je schneller, desto besser.", fügte Di Gallo hinzu.

„Hier Wagen 17!... Hier Wagen 17!... Hallo?"

„Wagen 17, hier Leitstelle. Sprechen Sie!"

„Sind am Don Vito angekommen. Haben zwei ältere Personen vorgefunden. Die beiden sind unverletzt. Bitte einen Krankenwagen nach Gardola senden. Beide Personen stehen unter Schock!"

„Verstanden Wagen 17. Krankenwagen ist unterwegs."

„Verstanden. Wir warten, bis dieser eintrifft. Ende!"

Azzurro erklang in die Stille hinein. Luigi zuckte zusammen. Botatzi griff in seine Tasche und angelte sein Smartphone heraus.

„Botatzi… Si… Vielen Dank für die Information… Si…"

Er legte auf und verstaute es wieder in der Tasche.

„Die Kollegen waren im Don Vito. Ihren Bekannten geht es gut. Alles in Ordnung."

Luigi atmete sichtlich erleichtert aus. Er hatte vorhin einen kurzen Moment dran denken müssen, was gewesen wäre, hätte dieser Verbrecher über Umwege wieder das Don Vito aufgesucht und aus Rache dort ein weiteres Blutbad angerichtet.

„Danke Commissario."

Botatzi nickte nur. Er machte sich auf zu seinem Fahrzeug.

„Wie geht es jetzt weiter Commissario?", fragte Luigi.

Botatzi blieb wieder stehen, drehte sich um und ging wieder einen Schritt auf Luigi zu.

„Nun ja. Eigentlich darf ich Ihnen keine Auskunft geben. Die Fahndung wegen Arkim läuft auf Hochtouren. Er kann uns eigentlich nicht entkommen. Wir sind zwar klein, aber effizient!"

Wie geht es ihren Kollegen? Werden alle durchkommen?", fragte Luigi weiter.

Wieder drehte sich der Commissario um, der bereits wieder Anstalten machte zu seinem Fahrzeug zu gehen. Di Gallo hatte bereits Platz genommen.

„Wenn es keine Komplikationen gibt, werden sie durchkommen. Am schlimmsten hat es allerdings den Kollegen mit den beiden Schussverletzungen getroffen. Aber auch der, der von dem Wagen erfasst wurde ist jetzt in einem kritischen Zustand. Er hat ein Aneurysma durch den Aufprall erlitten. Wir müssen die nächsten Stunden abwarten und beten."

Die Muckels hatten Limone vor wenigen Minuten verlassen und fuhren die enge Uferstraße in Richtung Süden. Wie bereits am Morgen geplant, wollten beide später Essen gehen.

„Ach Friedhelm, Limone ist doch immer wieder einen Besuch wert. Die engen Gassen, die netten Menschen, das Eis und der Wein.", flötete Gudrun gut gelaunt.

„Mhhhhh." antwortete Friedhelm nur.

Er lenkte den Wagen vorsichtig durch die Tunnels. Hinter ihm tauchte bereits wieder ein nervöser Italiener auf. Er fuhr so dicht auf, dass Friedhelm im Rückspiegel lediglich den Fahrer sehen konnte. Er verringerte die Geschwindigkeit nochmals um zehn Stundenkilometer. Der Wagen hinter ihm fuhr noch dichter auf. Kurz vor dem Tunnelausgang setzte der Wagen zum Überholen an. Mit einem Halsbrecherischen Manöver zog er haarscharf vorbei und scherte direkt vor Friedhelm wieder ein.

Dieser musste daraufhin scharf bremsen und ließ Lichthupe, Signalhorn und eine typisch deutsche Schimpftriade folgen. Den Italiener interessierte das nicht. Er war bereits hinter der nächsten Kurve verschwunden.

Mehrere Polizeiwagen kamen den beiden entgegen. Alle fuhren mit Blaulicht, jedoch ohne Signalhorn.

Die Muckels erreichte die Abzweigung nach Odesio und Gardola. Hier stand ebenfalls ein Wagen der Carabineri. Der Sergente blickte ins Innere des Fahrzeuges, ohne dies jedoch anzuhalten. Friedhelm lenkte das Auto langsam um die enge Kurve. Nun ging es erst einmal wieder etwa fünf Kilometer bergauf.

„Halt bitte an dem kleinen Parkplatz da vorne. Ich möchte gerne den herrlichen Ausblick genießen.", bat Gudrun.

„Mhhhhhh…", erwiderte Friedhelm nur.

„Jetzt hör aber auf. Hier halten wir immer mal. Meist damit du Bilder machen kannst."

Friedhelm lenkte den Wagen auf den Parkplatz, der bis auf einen roten Panda leer war. Noch bevor Friedhelm und Gudrun aus dem Wagen stiegen, stand der Fahrer des besagten Wagens neben ihnen. In der Hand hielt er seine Pistole.

„Los, wieder einsteigen! Sofort! Und keine Tricks, sonst werde ich, ohne zu zögern von der Waffe Gebrauch machen!"

Gudrun schrie leise auf. Friedhelm schaute nur erschrocken. Beide taten jedoch das was der Fremde von ihnen wollte.

„Fahr los! Aber ohne Aufsehen zu erregen! Hier sind viele die gerade darauf warten, dass jemand Aufsehen erregt! Und Ihr wollt doch beide nicht, dass etwas passiert!"

Die Muckels schüttelten den Kopf. Dimitri nahm im Fond Platz und richtete die Waffe auf Friedhelm. Gudrun saß steif auf dem Beifahrersitz und bewegte sich nicht.

„Los runter zum See!"

„Da war Polizei! Unten an der Kreuzung." entgegnete Friedhelm leise und mit zittriger Stimme.

„Na sehr gut! Da Sie euch heraufgelassen haben, werden Sie euch auch ohne Probleme wieder herunterlassen. Vorausgesetzt Ihr macht beide keine Fehler."

Beide schüttelten instinktiv und gleichzeitig mit dem Kopf. Dann setzte sich der Wagen wieder in Bewegung. Diesmal wieder in Richtung See mit unbekanntem Ziel.

31

Gefährliche Situation in Stuttgart

Maria Zeflevkova und Doktor Martina Löffler saßen regungslos im Zimmer des Dezernatsleiter und schwiegen. Das Büro wurde durch einen weiteren Beamten außen wie innen bewacht. Es herrschte derzeit die höchste Sicherheitsstufe im Präsidium Stuttgart. Vor dem Gebäude trafen immer mehr Reporter und Journalisten ein. Die Informationen über einen möglichen Anschlag verbreiteten sich rasend. Die bekannte Stille Post von Journalisten und Medien, hatte aus einer Mücke einen Elefanten gemacht. Noch immer suchte man fieberhaft nach dem angeblichen Pflichtverteidiger von Tobias Holzgruber. Dieser lag aber bereits seit einiger Zeit im Tiefkühler der Pathologischen Abteilung und konnte zu den Umständen leider keine Angaben mehr machen.
„Wie lange müssen wir noch hierbleiben?", fragte Maria sichtlich gelangweilt.
„Ich habe keine Ahnung! Ich hoffe nicht mehr allzu lange."

Martin Schunk saß zusammen mit dem Sondereinsatzkommando im Hörsaal.
Viele der Anwesenden waren ihm unbekannt. Nur wenige kannte er. Die Informationen waren ihm wie-

testgehend bekannt, kamen sie doch aus seiner Abteilung. Daher sah er diese Besprechung recht entspannt.

Stuttgart stand kurz vor dem in Fußballerkreisen verhassten Derby gegen den Karlsruher SC. Anhänger beider Seiten konnten sich auf den Tod nicht ausstehen und zeigten dies auch meist bereits in den Foren vor dem Spiel. Jetzt vor Ort war die Stimmung nochmals angeheizt. Die Ultras beider Seiten standen sich gegenüber und verharrten.
Rund 500 Beamte aus ganz Baden-Württemberg waren vor Ort, um dieses Spiel abzusichern. Auch zwei Wasserwerfer waren in Rufbereitschaft und konnten binnen weniger Minuten vor Ort sein. Die Pferdestaffel patrouillierte bereits seit geraumer Zeit um das Stadion. Die Mercedes-Benz-Arena war momentan die bestbewachteste Fußballarena Deutschlands. Weder die Fans der einzelnen Läger noch die Beamten vor Ort hatten Informationen bezüglich der lauernden Gefahr nur wenige hundert Meter entfernt. Der Großteil der Stuttgarter Beamten waren ebenfalls vor Ort am Stadion. Gerade zu diesem Zeitpunkt stellte dies eine ganz besondere Herausforderung dar.

Noch immer verharrte Andreas Hut im Untergeschoß des Stuttgarter Polizeipräsidiums. Nachdem er den Auftrag der Organisation erledigt hatte, Tobias Holzgruber zu eliminieren, hatte er Zuflucht im

Untergeschoss gesucht. Hier wartete er bereits seit einiger Zeit auf eine geeignete Gelegenheit, diese zu verlassen.

Der angebliche Pflichtverteidiger hatte sich nach der Erledigung des Auftrages in der Tiefgarage des Polizeipräsidiums versteckt. Dort war bis jetzt noch niemand gewesen. Die Tiefgarage hatte nur ein Ein- und Ausfahrtstor, welches immer geschlossen war und nur öffnete, wenn ein Fahrzeug ein- oder ausfahren wollte. Die Parkplätze waren nur den höchsten Beamten vorbehalten. Hier parkte der Präsident, sowie die Dezernatsleiter. Vielleicht noch einige Regierungsbeamte. Dem normalen Polizisten und Angestellten, waren diese Parkplätze verwehrt. Sie mussten oberhalb vor dem Gebäude parken.

Andreas Hut wollte eigentlich schon längst über alle Berge sein und das hätte auch funktioniert, wenn er auf der Flucht die richtige Tür genommen hätte. Leider verwechselte er die Türen und so war er nun gefangen in der Tiefgarage. Ein Hinausgehen war nicht möglich. Er wusste längst, dass man nach ihm suchte. Das Mitglied der Organisation konnte sich vorstellen, was im oberen Stockwerk los sein musste. Alle Beamten suchten nach einer Person. Nach ihm!

„Mist verdammter… Jetzt hänge ich hier fest! Und alles wegen diesem Anfänger! Dimitri musste ihn ja unbedingt in die Organisation aufnehmen, diesen, diesen…"

Andreas Hut kochte vor Wut. Er verharrte weiter in einer Ecke der Tiefgarage. Neben ihm stand ein Mercedes S500. Es musste das Fahrzeug des Präsidenten sein. Kein anderes Auto war protziger in der Garage. Zudem hatte es an den vorderen Kotflügeln Vorrichtungen für eine Standarte.

Das Einfahrtstor öffnete sich. Gleichzeitig ging das gesamte Licht in der Tiefgarage an. Alles erstrahlte in einem grellen unnatürlichen Neonlicht. Hut blickte sich hastig um. Er musste die Augen für einen Augenblick schließen, um sich an das Licht zu gewöhnen. Es gab keine Möglichkeit zu verschwinden. Das Eingangstor lag einige Meter entfernt und war bereits wieder dabei sich zu schließen. Der einfahrende Sportwagen hatte bereits seinen Parkplatz gefunden und rangierte. Eine ältere Frau stieg aus und ging schnellen Schrittes zur Tür. Wenige Sekunden später erlosch das Licht in der Tiefgarage auch schon wieder.

Andreas Hut schlich zum Eingangstor und verharrte dort. Beim nächsten Öffnen der Tore wollte er versuchen nach draußen zu gelangen. Er hoffte, dass ihn dort nicht bereits eine Armada von Polizisten empfangen würde.

Mit einem lauten knarzen öffnete sich kurz darauf wieder das Einfahrtstor der Tiefgarage. Gleichzeit gingen wieder alle Neonleuchten an. Ein Kastenwagen fuhr nun langsam in die Garage ein. Hut quetschte sich im letzten Augenblick an diesem vorbei, noch bevor das Tor begann sich wieder zu schließen.

Direkt davor verharrte er einen Augenblick. Es regnete. Ein kalter Wind pfiff in die Einfahrt hinunter und brachte Unmengen des Regens gleich mit. Wie kleine Steine trommelten die Tropfen gegen das Tor und auf Andreas Hut nieder.

Gebückt machte er sich die Auffahrt hinauf. Als er oben ankam, lief er direkt in die Arme eines Einsatzkommandos. Die vier Polizisten blickten ihn an. Was dann geschah, passierte in Sekundenbruchteilen.

Die Polizisten richteten Ihre Waffen auf Hut, während dieser seine Waffe bereits gezogen hatte. Ohne zu warten feuerte er. Den ersten Polizisten traf er am Hals. Instinktiv sprangen die anderen zur Seite. Der verwundete taumelte zurück und sackte zusammen. Blut spritzte aus seinem Hals wie die Fontäne des „Männecken Piss". Andreas Hut sprang zur Seite und versuchte über die kleine Mauer in Deckung zu gehen. Einer der anderen Polizisten feuerte nun auch und traf den Angreifer am Bein. Hut schrie auf. Die Kugel zerfetzte seine Wade und trat am Schienbein wieder aus. Er sackte hinter der Mauer zusammen.

Von der anderen Seite kamen nun weitere Polizisten angelaufen. Mit der Waffe im Anschlag näherten sie sich langsam. Hut kam aus seiner Deckung und feuerte wahllos in alle Richtungen. Auf der anderen Seite schrie ein Polizist auf. Er hatte wieder einen

222

erwischt. Diesmal in den Oberschenkel. Sofort knickte dieser weg und stürzte. Er kam auf dem Gesicht auf und verlor seine Maschinenpistole. Diese flog in hohem Bogen hinter die Mauer zu Hut.

Er nahm sie auf und feuerte wieder wahllos in die Richtung der Polizisten.

„Ihr bekommt mich nicht! Ich gehe nicht alleine! Ich werde so viel wie möglich von euch mitnehmen!", schrie er über die Mauer.

Er hatte bereits Unmengen an Blut verloren. Eine Blutlache machte sich breit. Wieder schoss er ohne Plan über die Mauer und wieder erwischte er einen der Polizisten. Ein weiterer schrie qualvoll auf. Diesmal traf er Arme und Beine des Beamten.

Immer mehr Polizisten trafen vor Ort ein. Die Schüsse der letzten Sekunden hallten wie Donnerschläge durch die Stadt. Es war unglaublich, dass eine einzelne Person so ein Chaos anrichten konnte und eine Hundertschaft an Polizisten auf Trab hielt. Das kannte man sonst nur aus Hollywoodfilmen.

Für einen winzigen Augenblick wurde es still. Nur der Regen war zu hören. Aus verschiedenen Ecken war das leise Wimmern der verletzten Beamten zu hören. In der Ferne ertönten die ersten Martinshörner der Rettungseinheiten. Die Krankenwagen würden in kürze auf dem Gelände eintreffen.

Die Besprechung an der auch Martin Schunk teilnahm war seit wenigen Minuten abrupt beendet worden. Seit die Schüsse vor dem Gebäude losgingen war das ganze Gebäude in hellem Aufruhr. Martin eilte in das Büro des Dezernatsleiters. Die beiden Frauen waren noch immer vor Ort. Ängstlich kauerten sie in einer Ecke. Maria war am Weinen. M. hatte den Hörer seines Telefons in der Hand.

Martin war erleichtert. Seelisch sicherlich schwer angeschlagen, aber sonst, doch wohlauf dachte er sich. Ohne ein Wort verließ er wieder das Büro und stürmte in Richtung Treppenhaus. Er nahm zwei Stufen auf einmal, um nach unten zu gelangen. Im Erdgeschoss waren an die zwanzig seiner Kollegen. Ein Großteil in voller Kampfmontur. Das SEK war noch nicht vor Ort, wollte aber in den nächsten Minuten ebenfalls eintreffen. Von draußen waren wieder Schüsse zu hören. Auch das Aufschreien einer Person war wieder zu vernehmen. Vermutlich hatte der Mistkerl wieder einen Beamten getroffen. Wieder fielen Schüsse. Einer dieser verirrte sich ins Innere des Erdgeschosses. Er schlug durch eine Scheibe und traf einen der Polizisten an der Schlagader. Blut spritzte wie bei einem Wasserballon umher. Der Beamte sackte lautlos zu Boden, die Augen weit aufgerissen. Martin eilte zu ihm. Das Geschoss hatte sich nicht nur in seine Schlagader am Hals gebohrt, sondern sich dann auch noch quer durch Hals und Unterkiefer gebohrt. Das halbe Gesicht war aufgerissen. Vermutlich war dadurch auch ein Teil der Nervenbahnen getroffen worden. Der unkontrollierte Aufprall auf den Boden führte letztendlich noch zu einem Genickbruch.

Martin schaute hasserfüllt zu dem gesplitterten Fenster. Er sprang auf, zog seine Waffe und stürmte hin.

32

High Noon in Tignale

Alle Einsatzwagen der Carabinieri und Policia waren verschwunden. Nur die Wagen der örtlichen Gemeinde waren noch immer damit beschäftigt die Schäden zu beseitigen.

Luigi hatte den Ort noch nicht verlassen. Er saß weiter in der Ecke auf dem Boden und schaute ins leere. Erst jetzt realisierte er so langsam was in den letzten Stunden geschehen war. Warum hatte dieser Arkim ausgerechnet ihn und Guiseppe aufgesucht. War es reiner Zufall oder steckte mehr dahinter? Sicher war es nur Zufall gewesen! Weder er noch Guiseppe kannnten diesen Gangster. Er hatte auch noch nie etwas von ihm gelesen oder gehört.

Auch die Gemeindearbeiter mit ihren Fahrzeugen verschwanden nun. Bis auf ein paar kleine Schäden am Straßenrand war nichts mehr zu erkennen. Auch der Blutfleck auf der Straße war weitestgehend verschwunden.

Luigi erhob sich und machte sich langsam auf den Weg nach oben. Die Sonne brannte unerbittlich auf seinen Kopf. Er blickte die Straße nach oben, schaute auf den steilen, Serpentinenartigen Verlauf und schüttelte den Kopf.

„Na dann mal los, alter Mann. So weit ist es ja nicht! sagte Luigi zu sich selbst und ging langsamen Schrittes die Straße entlang.

Das Auto der Muckels hatte sich langsam wieder in Richtung See in Bewegung gesetzt. Dimitri Arkim saß auf der Rückbank, hatte seine Waffe fest in der Hand und blickte abwechselnd zu Friedhelm und Gudrun.
„Macht ja keine Schwierigkeiten. Dann wird euch nichts passieren. Ich will nur hier weg, mehr nicht!", sprach er leise zu beiden.
„Das werden wir nicht!", erwiderte Gudrun ängstlich.
Friedhelm sagte nichts. Er war aufgeregt und damit beschäftigt sich auf die Straße und den Verkehr zu konzentrieren. Ständig blickte er in den Rückspiegel und in die dunklen Augen von Dimitri.
„An der Kreuzung rechts. Und dann immer schön am See entlang!", sagte Dimitri zu Friedhelm gerichtet, als der ihn wieder über den Rückspiegel anschaute.
Dann herrschte Stille im Wagen der Muckels. Keiner sagte mehr etwas. Gudrun blickte nervös aus dem Fenster und Friedhelm lenkte den Wagen langsam an der Kreuzung nach rechts. Der Carabineri am Straßenrand lächelte und nickte ihm freundlich zu. Friedhelm erwiderte den Gruß und fuhr langsam auf den Tunnel zu.
Dimitri hatte sich im hinteren Teil des Fahrzeuges versteckt und richtete sich erst wieder auf als sie am Polizisten vorbei waren.

„Sehr gut gemacht! Und jetzt schön weiter so!", sagte Dimitri.

Der Carabinieri blickte nochmals hinter dem Fahrzeug her und erblickte den Schatten auf der Rückbank. Für einen Augenblick war er sprachlos. Er schüttelte den Kopf und blickte abermals hinterher. Der Wagen war verschwunden. Er überlegte und griff zum Funkgerät an seinem Motorrad.

„Hier Horse 7, hier Horse 7! Zentrale bitte kommen!"

Es knackte und rauschte in der Leitung.

„Hier Zentrale! Was gibt es Horse 7!"

„Ich weiß nicht recht, aber es könnte sein das die gesuchte Person soeben an mir vorbei ist. Sollte es so sein, jedenfalls nicht alleine. Es ist möglich, dass sie weitere Personen als Geiseln genommen hat! Was soll ich machen?"

Wieder knackte es in der Leitung.

„Verfolgung aufnehmen! Aber Abstand halten! Wir wollen nicht, dass er wieder unüberlegt handelt und weitere Personen zu Schaden kommen. Wir werden alle verfügbaren Kräfte informieren!"

„Verstanden, Ende!"

Von alledem hatte Dimitri nichts mitbekommen. Er wägte sich in Sicherheit. Friedhelm lenkte den Wagen vorsichtig am See entlang. Gudrun schaute noch immer nach draußen. Bäume zogen in schnellen Bildern an ihr vorbei. Die ersten Häuser von Gargnano mischten sich jetzt unter die vorbei-ziehenden Bäume.

Sie wandte den Blick nach vorne. Vor ihr lag die Straße. Die Kirche war zu sehen. In kürze würden sie im Ortskern sein. Friedhelm bremste ab. Vor ihm staute sich der Verkehr wegen der nahenden Ampelanlage. Er schaute wieder in den Rückspiegel. In einiger Entfernung erblickte er das Motorrad der Carabinieri. Er erschrak innerlich, ließ sich aber nichts anmerken.

Luigi schnaufte wie eine alte Diesellok. Er hatte erst die Hälfte des Weges geschafft und war bereits mehrmals stehengeblieben.

„Ich sollte das Trinken reduzieren und mich mehr bewegen. Ich komme mir vor wie eine alte Lokomotive!"

Von oben kam ein Polizeiwagen in hoher Geschwindigkeit auf ihn zu. Das Blaulicht war angeschaltet. Luigi sprang in den Graben, da dieser ganz dicht am Fahrbahnrand entlangfuhr. Der Wagen setzte seine Fahrt aber fort ohne anzuhalten. Luigi rappelte sich schnell wieder auf und ging langsam weiter. Noch immer brannte die Sonne unaufhaltsam weiter. Die Schritte wurden langsamer und schwerer.

Friedhelm stand noch immer im Stau an der Ampel. Da hier auch eine Blitzanlage hinzugeschaltet war fuhren alle besonders vorsichtig. Der Großteil der Fahrzeuge hatten alle ein deutsches Kennzeichen. Nur wenige der Wagen waren einheimisch.

Wieder blickte er in den Rückspiegel, jedoch ohne Aufsehen zu erregen. Das Motorrad war noch immer in weitem Abstand und machte nicht die Anstalten näher zu kommen. Möglich war auch, dass dieses gar nicht wegen ihnen da war, sondern nur rein zufällig den gleichen Weg hatte.

„Du fährst bis Salo! Dann schauen wir weiter! Wenn alles gut geht seid ihr mich da wieder los!", unterbrach Dimitri die Stille im Fahrzeug.

Friedhelm nickte nur, während Gudrun stumm nach vorne schaute.

Der Verkehr rollte wieder. Friedhelm lenkte das Fahrzeug zügig über die Ampel. Nun konnte er wieder problemlos auf fünfzig beschleunigen. Da er das letzte Fahrzeug war, welches die Ampel überquerte, hatte er momentan auch niemanden hinter sich. Schnell ließen sie nun Gargnano hinter sich.

Das Motorrad schlängelte sich an den stehenden Fahrzeugen vorbei. Das Blaulicht blinkte kurz auf als dieses über die rote Ampel fuhr. Danach drosselte es sogleich wieder die Geschwindigkeit und fuhr ohne weitere Verzögerung und Blaulicht ebenfalls zügig durch Gargnano.

Ohne größere Verzögerung ging die Fahrt der Muckels nun voran. Der Verkehr war recht übersichtbar. Sollte es so bleiben, würden sie in den nächsten Minuten Salo erreichen und hoffentlich den ungebetenen Gast schnellstmöglich los sein.

Das Polizeimotorrad hatte den Abstand verkürzt, war aber immer noch so weit entfernt, um nicht erkannt zu werden. Über Funk verständigte er während der Fahrt die Leitstelle.

Luigi war endlich am Ortseingang von Gardola angekommen. Er schnaufte hörbar durch und wischte sich den Schweiß von der Stirn. An der alten Kirche machte er halt. Wie üblich schlängelten sich Fahrzeuge aus Deutschland, Österreich, sowie Dänemark und Schweden die Serpentinen entlang.
Ab und an war auch mal ein einheimisches Fahrzeug dabei. Vor der Pizzeria standen wieder hungrige Touristen und warteten geduldig auf einen freien Tisch. Luigi schüttelte den Kopf.
„Bald werden sie bei mir sitzen und leckere Pizza und Pasta, gepaart mit schwäbischem Einschlag genießen können!"
Bei dem Gedanken daran, bekam er ein warmherziges Grinsen und leckte sich dabei gedankenverloren über die Lippen.
„Scusi?!"
Luigi zuckte zusammen. Er drehte sich um und blickte in die Augen einer älteren Dame, die versucht hatte an ihm vorbeizukommen. Ohne ein Wort, aber mit einem leichten Kopfnicken ging er einen Schritt zur Seite. Die Frau setzte ihren Weg langsam fort.
„Grazie!"

Kurz darauf setzte auch Luigi seinen Weg fort. An der Pizzeria hatte er die ältere Dame wieder eingeholt und überholte sie. Er ging wieder schnelleren Schrittes in Richtung Marktplatz, vorbei an den vielen kleinen Läden, Restaurants und Bars.

33

Action im Stuttgarter Polizeipräsidium

Noch immer war die Lage im Stuttgarter Polizeipräsidium chaotisch und unübersichtlich. Das SEK war immer noch nicht vor Ort.

Die Kollegen vor Ort versuchten weiterhin diesem Ein-Mann-Kommando Herr zu werden und endlich zu überwältigen. Dieser dachte aber gar nicht daran es den Polizisten einfach zu machen. Ganz im Gegenteil. Er setzte weiterhin alles daran jeden der ihm vor die Flinte kam zu erwischen.

Martin verharrte wie seine Kollegen im Erdgeschoss. Der Versuch vor wenigen Minuten hinauszustürmen und es wie Rambo in seinen Filmen zu erledigen, scheiterte bereits auf den ersten Metern. Drei Kugeln verfehlten ihn nur ganz knapp.

Für ihn ein deutliches Zeichen, seine überlegte coole Rambo Masche schnellstens wieder an den Nagel zu hängen und eine andere Möglichkeit zu finden.

Im Moment war es still. Nur noch das vereinzelte Wimmern der verletzten Kollegen vor dem Gebäude war zu hören. Bis auf wenige Beamte waren alle im Gebäude. Viele hatten sich auf die ersten Stockwerke verteilt und versuchten vorsichtig aus den Fenstern einen Blick in den Innenhof zu werfen. Etwa eine Handvoll waren derzeit noch vor dem Gebäude und verharrten leise und in Deckung. Der Innenhof des Präsidiums glich im Augenblick sowieso mehr einem Schlachtfeld. Viele Beamte lagen schwer verletzt oder bereits tot auf dem Boden. Bei vielen waren riesige Blutlachen zu erkennen.

Der Unbekannte Angreifer hatte ganze Arbeit geleistet. Entweder hatte er einfach nur Glück, oder er war ein eiskalter Profi.

„Es muss doch irgendeine Möglichkeit geben den verletzten Kollegen zu Hilfe zu kommen!", sagte einer in die Stille hinein.

„Es gibt nur eine… den Mistkerl erledigen!", erwiderte Martin, ohne sich zu bewegen.

„Wir können im Moment nur warten und hoffen, dass das SEK zügig von außen eingreift!", ertönte die Stimme des Polizeipräsidenten aus dem Hintergrund.

Einige der Kollegen nickten. Andere wiederum starrten nur nach draußen und regten sich nicht.

„Trotzdem müssen wir was machen. Wir können nicht untätig hier sitzen und auf diese eingebildeten Arschlöcher vom SEK warten! Das sind unsere Kollegen da draußen, unsere Freunde. Wir haben eine Verpflichtung ihnen gegenüber.", brach Martin das Schweigen.

Wieder nickten einige Kollegen zustimmend. Andere wiederum schüttelten nur den Kopf, ohne etwas zu sagen. Martin blickte in die Runde. Keiner erwiderte seinen Blick.

234

„Ok… Wenn Ihr nicht wollt, dann mache ich es eben alleine!"

„Schunk! Machen Sie keinen Blödsinn! Bleiben Sie hier! Wir können nicht noch mehr Kollegen verlieren! Lassen Sie uns auf das SEK warten!", sagte Schmitti aus dem Hintergrund.

Martin hörte die letzten Worte gar nicht mehr. Er war bereits auf dem Weg nach draußen. Bevor er aber die schwere Metalltür aufstieß atmete er noch einmal hörbar ein und aus, zog seine Pistole und hielt kurz inne.

Andreas Hut hatte seine Wade notdürftig versorgt. Sie pochte und das Blut lief trotz angelegtem Verband unaufhaltsam hinunter. Sein Herz und seine Halsschlagader pochten ebenfalls und versuchten das nötige Blut weiter zu transportieren. Er hatte in den letzten Minuten einiges davon verloren. Das versuchte sein Herz auszugleichen. Seine Kräfte schwanden jedoch von Minute zu Minute immer mehr und er musste sich immer mehr konzentrieren, nicht das Bewusstsein zu verlieren. Nicht mehr lange und sein Körper würde versuchen auf Notbetrieb umzustellen.

Hut wusste seit einiger Zeit das er den „Point of no return" schon lange überschritten hatte. Es gab kein Zurück mehr an dieser Stelle. Es gab nur noch Knast oder Hölle. Da ersteres für ihn nicht in Frage kam, war sein Schicksal seit einigen Minuten bereits besiegelt.

In seiner Hosentasche vibrierte es. Hut griff hinein und holte sein Handy hervor. Er erkannte die Nummer sofort. Es war Arkim!

Andreas Hut schaute sich kurz um und nahm das Gespräch dann an.

„Ey Bruda… Alles klar bei Dir?"

Hut schluckte. Seine Wade war nicht mehr zu spüren und auch seine Konzentration ließ mit jeder Minute mehr nach.

„Ey Dimi. Klar doch, alles prima. Und bei Dir?"

Hut kniff die Augen zusammen. Erstmals hatte er einen stechenden Schmerz, der seinen ganzen Körper durchfuhr.

„Es läuft Bruder, es läuft! Ich bin voll dabei. Du kannst es sicherlich bereits in den Nachrichten vernehmen! Spätestens morgen wird alles in der Zeitung stehen!"

Hut blickte sich wieder um. Die Polizei der Bundesrepublik Deutschland machte ihrem Ruf wieder alle Ehre. Nur nichts Voreiliges unternehmen. Jeder Toter bedeutete nur wieder Unmengen an Bürokratie und Schreiberei.

„Ich werde nachschauen! Freu mich schon auf die Berichte!"

Damit beendete Hut das Gespräch, ohne auf eine weitere Antwort von Arkim zu warten.

Martin Schunk hatte die Tür nach draußen aufgestoßen. Für den Bruchteil einer Sekunde stand er ungeschützt auf freier Fläche. Mit einem gekonnten

Sprung hechtete er hinter einen BMW der links daneben stand.

Auf der anderen Seite herrschte Ruhe und Stillstand. Keine peitschenden Schüsse oder Angriffe mehr von der gegnerischen Seite.

Martin Schunk wartete. Schweiß perlte auf seiner Stirn und bahnte sich langsam ihren Weg abwärts. Die Temperaturen lagen noch immer im unteren zweistelligen Bereich und auch der Regen plätscherte unaufhaltsam vom Himmel. Schunk war es trotzdem warm. Vielleicht lag es an dem ausgestoßenen Adrenalin, vielleicht aber auch nur an der sportlichen Betätigung. Schließlich hatte er schon seit längerer Zeit keinen Sport mehr betrieben und sich immer erfolgreich vor den Prüfungen gedrückt.

Er blickte seitlich am BMW vorbei. Sein Blick richtete sich auf das vermutliche Versteck seines Gegenübers, Andreas Hut. Seine Hand zitterte als er die Pistole in die Richtung hielt.

Andreas Hut verharrte noch immer in Deckung. Es würde sicher nicht mehr lange dauern, bis er das Bewusstsein verlieren würde. Das Blut floss noch immer unaufhörlich aus der Wunde an seiner Wade. Der Verband konnte schon lange nicht mehr die Mengen an Blut aufhalten die sich ihren Weg bahnten. Sein Herz pochte von Sekunde zu Sekunde mehr. Hut kämpfte jetzt unaufhörlich gegen das Verlieren seines Bewusstseins an. Er hatte nicht mehr die Kraft sich zu bewegen und auch nicht mehr, um schlagkräftig zu agieren. Er saß nur noch hinter der Mauer und wartete. Seine Hand hielt krampfhaft die Waffe fest. Was sollte er tun, sollte plötzlich jemand vor ihm stehen. Schießen! Oder sich vielleicht einfach nur ergeben! Er wusste es nicht.

„Ich werde es kurzfristig entscheiden!"

Martin Schunk verharrte noch immer am BMW. Sein Blick schweifte umher. Überall waren Kollegen und hielten ihre Waffen auf den einen Punkt, den auch er ständig anvisierte. Sein Adrenalin war noch immer sehr hoch. Er zitterte und ärgerte sich zugleich, dass er diesen Schritt unternommen hatte. Was für eine Scheiß Idee. Er könnte sich selbst dafür Ohrfeigen, das er nach draußen gerannt war. Nun saß er im nassen und wartete darauf, dass sein Gegenüber den ersten Schritt tat.

Unaufhaltsam prasselte der Regen auf ihn. Seine Kleidung konnte das Wasser nicht mehr aufnehmen. Er spürte bereits die Kälte des Regens auf seiner Haut. Das Wasser lief ihm in die Ritze.

Vorsichtig schob er den Kopf um den BMW. Für den Bruchteil einer Sekunde versuchte er etwas auszumachen. Dann zog er ihn blitzschnell wieder zurück und verharrte regungslos. Nichts geschah.

Kein Schuss, kein Geräusch, nichts!

Schunk blickte umher, blickte zu den Kollegen. Diese zuckten nur mit den Schultern.

34

Salo ist nicht Stuttgart, noch nicht!

Kurz vor Salo staute sich der Verkehr abermals.

Wenige Fahrzeuge vor Ihnen hatte es einen Auffahrunfall gegeben. Neben einem einheimischen wein-
roten Alfa Romeo, war auch ein Holländischer Wagen
mit Wohnanhänger beteiligt. Beide warteten noch auf
die Carabinieri, die sich wie immer etwas mehr Zeit
ließ. Friedhelm und Gudrun wurden nervös. Dimitri
hatte diesen Umstand noch gar nicht bemerkt. Er
schaute gerade aus dem Seitenfenster.

Die Wagen drückten sich langsam an der Unfallstelle
vorbei.

Auch das Polizeimotorrad kam langsam näher. Jedoch
noch immer unentdeckt. Die Muckels waren jetzt nur
noch zwei Autolängen von der Unfallstelle entfernt.
Auch Dimitri hatte nun unlängst erkannt das sein
weiterkommen ins Stocken geriet. Er hielt momentan
nur Ausschau nach der Carabinieri, die ja normalerweise in solchen Fällen den Unfallort und den Verkehr regelten. Zu sehen war allerdings noch nichts.

Er blickte kurz nach hinten. Die Länge der Auto-
schlange war bereits nicht mehr auszumachen. In etwa
dreißig Metern war ein Polizeimotorrad. Für einen
kurzen Augenblick schlug sein Herz schneller und

stärker. Im nächsten Augenblick aber fing er diabolisch an zu grinsen.

„Los... langsam an der Unfallstelle vorbei! Und dann da hinten abfahren!"

Dimitri Arkim unterstrich mit einem seitlichen Kopfnicken seine Anweisung.

Friedhelm lenkte seinen Wagen langsam an den beiden Fahrzeugen vorbei. Die Insassen waren wild am Gestikulieren. Anscheinend war es mehr als ein gewöhnlicher Auffahrunfall und beide waren mit der Darstellung des Hergangs andere Ansicht. Jedenfalls waren sie kurz davor aufeinander loszugehen.

Friedhelm wurde aus seiner Starre gerissen als der Polizeiwagen mit lauter Hupe und Blaulicht scharf an ihm vorbeifuhr. Er zuckte zusammen. Für einen kurzen Augenblick dachte er sie wären wegen ihnen da. Mit einem Blick in den Rückspiegel wurde er eines Besseren belehrt.

Botatzi und Di Gallo waren auf dem Weg zur Autostrada und fuhren deshalb gerade durch Salo.

Nur wenige Meter von ihnen entfernt bog Friedhelm Muckel ab.

Beide schwiegen sich seit geraumer Zeit an. Seit sie von Tignale weggefahren waren, hatten sie nur sehr wenig miteinander gesprochen. Der Weg bis hierher verlief zudem alles andere als optimal. Jede Menge Verkehr hatte dafür gesorgt, dass sie bereits, seit mehr als 70 Minuten unterwegs waren und erst knapp 25 Kilometer geschafft hatten.

„Jeden Tag das gleiche. Volle Straßen und nur jedes dritte Fahrzeug ist ein Italienisches. Irgendetwas läuft hier schief. Wir werden überrollt von den Deutschen. Wie damals!" philosophierte Botatzi.

Di Gallo blickte zu ihm. Den Blick und die Grimasse, die er dabei machte, war unbezahlbar.

Seine Unterlippe hatte die Oberlippe verschluckt und war bis kurz unterhalb der Nase hinaufgezogen. Zusammen mit seinen, in diesem Moment, weit aufgerissenen Augen sah es erschreckend aus.

Luigi hatte mittlerweile sein zukünftiges Restaurant wieder erreicht. Er war ganz alleine. Weder Guiseppe noch seine Frau waren da. Sie waren allem Anschein nach bereits nach Hause gegangen. Beide hatten in den letzten Stunden sicherlich genug mitgemacht.

Schließlich waren Guiseppe und seine Frau um einiges älter als er und solch eine Aufregung nicht mehr gewohnt. Aber welcher normale Mensch konnte eine Geiselnahme einfach so wegstecken? Die Helden aus den Hollywoodfilmen waren allesamt nur aus der Fantasie. Es gab sie nicht wirklich. Die Drehbücher machten einfache Menschen, einfach nur zu Helden.

Im wahren Leben gab es diese Helden recht selten. Und auch solche Geschichten waren meist Mangelware. Das so etwas ausgerechnet hier am Gardasee passierte, war mehr als ein Zufall.

Nur die Unordnung im Gastraum ließ noch vermuten, dass hier vor kurzem Personen gewesen sein mussten. Luigi räumte das Geschirr auf den beiden Tischen hinter die Theke. Er hatte keine Lust mehr diese noch abzuwaschen und wegzuräumen. Das hatte sicherlich Zeit bis morgen. Es war nichts dabei was Fliegen und Ungeziefer anziehen würde.

Zudem musste hier sowieso vor Eröffnung eine umfangreiche Grundreinigung stattfinden.

Knapp 600 Kilometer nördlich saß Martin Schunk noch immer hinter dem BMW. Seine Kollegen in einiger Entfernung blickten ebenfalls noch immer ratlos drein. Seit einiger Zeit hatte sich nichts mehr bewegt. Auf der Gegenseite war es ruhig. Wenn man das Terrain nicht beobachten würde, könnte man vermuten, dass dort gar keiner mehr sein musste. Aber niemand hatte eine Person flüchten sehen. Um ehrlich zu sein wäre das ohne Aufsehen gar nicht möglich gewesen.

Martin blickte vorsichtig an der unteren Hälfte des BMW vorbei. Nichts bewegte sich, nichts war zu hören oder zu sehen. Seine Kollegen machten nicht den Anschein, dass sie irgendetwas an dieser Situation ändern wollten. Martin wurde nervös. Er hatte nicht vor noch mehrere Stunden an dieser Stelle zu verbringen. Nochmals schaute er um den BMW. Martins Hand wanderte zu seiner Waffe. Er entsicherte sie und stand auf. Seine Kollegen blickten sich nervös und aufgeregt an. Was hatte Schunk vor? Was wollte er damit bezwecken? Er stand jetzt ohne eine Sicherung hinter dem Auto.

„Kollegen, bitte volle Unterstützung für diesen Vollidioten!", ertönte es aus dem Funk.

Von alledem bekam Martin Schunk nichts mit. Er hatte bereits den BMW umrundet und stand am vorderen Kotflügel. Sein Herz schlug bis zum Hals und sein Puls raste. Er hatte weder ein Walkie-Talkie bei sich noch einen Knopf im Ohr.

Ohne sich umzublicken, oder den Kontakt mit den Kollegen zu suchen, ging Martin Schritt für Schritt auf die Mauer zu. Seine Waffe hatte er bis auf die geforderten Übungen auf dem Schießstand, noch nie im richtigen Einsatz nutzen müssen.

In wenigen Minuten oder vielleicht sogar in Sekunden sollte es wohl das erste Mal werden. Anstatt einer Pappfigur sollte es ein Mensch aus Fleisch und Blut werden. Jeder weitere Schritt ließ seinen Puls noch schneller schlagen.

Wenige Zentimeter hatte er noch bevor er die kleine Mauer erreichen würde.

Andreas Hut hatte in den letzten Minuten mehrmals für einige Sekunden das Bewusstsein verloren. Er saß nur noch hinter der Mauer und hielt dabei krampfhaft seine Waffe fest. Noch waren zwei Patronen in der Waffe. Eine im Lauf und eine im Magazin. Genug, sollte jemand ihn angreifen. Dass er hier aller Voraussicht nicht lebend herauskommen würde, war ihm bereits seit seiner Verletzung bewusst. Aber er wollte nicht kampflos gehen. So viele wie möglich wollte er mitnehmen. Das war er sich und der Organisation schuldig. Er umklammerte den Holster seiner Pistole. Sein Blick wanderte von links nach rechts. Weiter ging sein Blickfeld nicht mehr. Er war in diesem Zustand nicht mehr im Stande jeden Zentimeter so zu überwachen und zu überblicken.

Martin hatte die ersten Meter geschafft. Er stand zu diesem Zeitpunkt völlig frei. Vor ihm war nichts auszumachen. Es war ruhig, zu ruhig. Schunk blickte kurz rundum. Überall konnte er Kollegen ausmachen, die ebenfalls wachsam alles im Blick hatten.

Mit seiner Waffe im Anschlag, bewegte sich Martin langsam vorwärts. Zentimeter für Zentimeter näherte er sich der kleinen Mauer, hinter der Andreas Hut sein musste.

35

Salo — Stuttgart — Tignale

Der Stau schien nicht enden zu wollen. Wenige Meter vor ihnen hatten sich mal wieder zwei Fahrzeuge ineinander verkeilt. Zum Erstaunen der beiden Polizisten, war es diesmal auch ein Einheimischer.

Ein doch seltenes Schauspiel. Meist waren es nur Touristen, die in Unfälle verwickelt waren. Oftmals Gespanne oder Wohnmobile. Die Fahrweise eines Italieners war oftmals sehr hektisch und meistens (un)sportlich. Abstand und Überholverbot gab es im Wortschatz eines Italieners meistens nicht.

Botatzi stöhnte vernehmlich und die Gallo verdrehte wieder nur seine Augen. Er schwieg lieber. Es würde sonst nur in einer unendlich werdenden Diskussion enden.

„Unglaublich… Wie kann es an dieser Stelle zu einem Unfall kommen? Keine Kreuzung, keine Fahrbahnverengung, nichts! Und dann ein Tourist und ein Italiener verwickelt!"

Botatzi schüttelte den Kopf, um seine Aussage und das damit verbundene Unverständnis nochmals zu unterstreichen. Di Gallo schwieg noch immer und schaute aus dem Fenster.

Luigi stand noch immer in seinem leeren Restaurant. Hier stand er, Guiseppe, dessen Frau Paola und der Unbekannte noch vor wenigen Stunden. Er erblickte die Flasche Grappa, sowie ein kleines Glas. Luigi setzte sich an einen anderen Tisch und schenkte sich ein. Randvoll! Ohne groß zu überlegen, nahm er das Glas setzte an und kippte den Grappa mit einem Schluck hinunter. Er verzog kurz das Gesicht schaute auf die Flasche und goss nach.
Gedankenverloren kippte er auch dieses Glas hinunter. Sein Blick wanderte nochmals durch das Restaurant. Als er seinen Rundum Blick beendet hatte schaute er wieder auf die Flasche Grappa. Luigi nickte kurz der Flasche zu und goss wieder ein.
„Das war eine aufregende Nacht! So hatte den beschaulichen Gardasee aber nicht in Erinnerung! Die letzten Male war es immer ruhig und meist recht langweilig. Wenn das jetzt immer so geht…"
Luigi nahm das Glas prostete diesmal ins leere und kippte auch dieses, ohne abzusetzen hinunter. Dann stand er auf und brachte die Flasche zurück zum Tresen.

Friedhelm hatte es geschafft und keinen Stau mehr vor sich. Nur noch die üblichen Fahrzeuge schlängelten sich durch die Straßen Salos. Meist waren es Deutsche oder slowenische Autos.
Niemand redete. Seine Frau rieb sich nervös die Hände und schaute aus dem Seitenfenster.

Arkim blickte wachsam umher. Die Waffe hatte er neben sich abgelegt.

Friedhelm blickte zuerst in die Seitenspiegel und dann in den Rückspiegel. Das Polizeimotorrad war nicht mehr zu sehen. Friedhelm sackte innerlich zusammen. Er hatte so gehofft, es sei wegen ihnen da.

„Die nächste rechts hinein!", ertönte die Stimme Arkims nun.

Friedhelm blickte wieder in den Spiegel und nickte. Da war es wieder, das Motorrad. Er verlangsamte die Fahrt und blinkte. Langsam, sehr langsam bog er in die Straße.

„Ganz durch, bis es nicht mehr geht und dann links!"

Friedhelm nickte wieder und schaute in den Spiegel. Arkim hatte sich zurückgelehnt und blickte ins leere. Er lenkte das Fahrzeug langsam durch die Straße. Mehrmals musste er kurz anhalten, um entgegenkommende Fahrzeuge vorbeizulassen.

Arkim bemerkte nicht das seine überaus langsame Fahrweise gewollt war und etwas mit dem Polizeimotorrad zu tun hatte, was in einigem Abstand noch immer folgte. Friedhelm war sich sicher, dass es kein Zufall war. Es musste ihretwegen da sein. Er ließ sich aber nichts anmerken und fuhr seinen Wagen langsam auf die Kreuzung zu.

Martin Schunk trennte nur noch wenige Schritte von der Mauer. Fast schutzlos stand er nun im Innenhof. Sein Gegenüber müsste nur wild über die Mauer schießen und die Wahrscheinlichkeit wäre hoch das Martin nicht ohne Blessuren davonkommen würde.

Aber nichts passierte. Er stockte kurz und blickte umher. Seine Kollegen waren immer noch in sicherer Deckung und behielten ihn im Auge. Wieder setzte er einen Fuß vor den anderen und näherte sich der Mauer ein weiteres kleines Stück.

„Warum bewegt sich nichts? Worauf wartete er?", dachte sich Martin.

Er ging weiter. Nur noch einen Schritt trennte ihn von der etwa ein Meter hohen Mauer. Er umklammerte seine Waffe jetzt verkrampft. Durch den Druck wurde seine Hand ganz weiß. Sein Puls schlug immer schneller und sein Herz klopfte bis zum Hals. Für den Bruchteil einer Sekunde dachte er, er würde innerlich zerplatzen.

Mit seiner Pistole voraus lugte er vorsichtig über den Rand der Mauer. Zuerst war da nur etwas Rotes, was langsam auf dem Asphalt entlanglief. Mit jedem weiteren Zentimeter wurden Füße und Beine sichtbar. Links kam eine Hand zum Vorschein. Blutverschmiert hielt diese eine Pistole. Sie zuckte leicht.

„Kommen Sie rum. Es ist vorbei!", hörte er eine leise, brüchige Stimme.

Martin überwindete die Mauer, ohne nachzudenken. Auf der anderen Seite saß dieser Andreas Hut in einer riesigen Blutlache. Zusammengesackt und deutlich geschwächt, blickte er Martin müde an. Ein Grinsen huschte über sein Gesicht.

Martin steckte seine Waffe ein und setzte sich neben Hut. Keiner der Männer sagte etwas. Beide blickten einfach nur nach vorne.

Luigi hatte vor gut dreißig Minuten sein Lokal verlassen. Er stand zu Hause in seiner Küche und blickte aus seinem Fenster. Noch immer konnte er es nicht fassen was in den letzten Tagen passiert war. Seit er in Italien war hatten sich die Ereignisse nur so überschlagen. Sein Restaurant, welches er in naher Zukunft eröffnen würde, ohne zu wissen, ob es laufen würde. Die letzte Nacht mit diesem Gangster, die Gott sei Dank doch recht glimpflich vonstatten ging und die vielen aufeinandertreffen mit der italienischen Polizei. All das in so einer kurzen Zeit. Als Polizist in Deutschland hatte er manchmal mehrere Monate nicht so viel Action wie hier am Gardasee in den wenigen Tagen.

„Hoffentlich wird das jetzt nicht zu einem Dauerzustand. Ich wollte hier eigentlich ohne Action meine Zeit genießen!", sagte er zu sich selbst und blickte noch immer aus dem Fenster.

Luigi ging zum Schrank und holte eine Flasche Grappa heraus. Zusammen mit einem Glas ging er wieder ans Fenster und blickte raus. Er hatte vor nahtlos dort anzuknüpfen, wo er kurz zuvor in seinem Restaurant aufgehört hatte. Er goss sich einen großen Schluck ein, schwenkte das Glas kurz und kippte den Grappa de Prosecco hinunter. Ohne eine Miene zu verziehen schmatzte er kurz und goss noch einmal nach. Der bernsteinfarbene Grappa leuchtete im Licht und man sah, wie fein er am Glas herunterlief. Luigi schwenkte abermals langsam das Glas, während er weiter aus dem Fenster schaute.

Gedankenverloren setzte er das Glas an seinen Mund und nahm wieder einen Schluck. Diesmal kleiner und ohne Hektik. Er genoss ihn jetzt geradezu.

„Was wohl in Deutschland gerade so los ist." Es regnet sicherlich und jeder ist in Hektik und regt sich über die Regierung in Berlin auf. Das typische deutsche Verhalten eben!", dachte er sich und grinste innerlich bei diesem Gedanken.

Er trank den letzten Schluck aus seinem Glas und stellte alles auf den Tisch hinter ihm. Dann verließ Luigi nochmals seine Wohnung.

36

Der letzte Schuss

In Deutschland war das Wetter wahrlich nicht das Beste. Es hatte bis vor kurzem geregnet.

Martin Schunk saß noch immer mit Andreas Hut hinter der Mauer. Beide sagten nichts. Martin schaute noch immer nach vorne, während Andreas Hut immer häufiger die Augen schloss.

„Ich will nicht ins Gefängnis. Hören Sie! Egal was passiert! Helfen Sie mir!", unterbrach Hut die Stille zwischen den beiden Männern.

Andreas schaute zur Seite. Wieder waren die Augen von Hut geschlossen. Seine Atmung war schwach.

„Wie stellen Sie sich das vor? Sie wissen das es unmöglich ist!", antwortete Schunk daraufhin leise.

„Nichts ist unmöglich! Es gibt für alles eine Lösung! Und wenn sie endgültig ist!", sagte Hut schwach, ohne die Augen zu öffnen.

Martin blickte einen kurzen Moment gedankenverloren und leer auf Hut. Dann steckte er seine Pistole in das Halfter unter seiner Jacke. Er griff die Pistole von Hut und entfernte das Magazin. Es war noch eine Patrone im Magazin. Im Lauf seiner Waffe war eine weitere Patrone. Er entfernte die Patrone im Magazin und führte sie wieder an der Unterseite der Pistole ein. Er spannte den Hahn der Waffe und gab sie Hut zurück. Mit schwacher blutverschmierter Hand umklammerte er den Holster.

„Ein Schuss! Ihnen bleibt ein Schuss!"

Martin schaute wieder nach vorne und Hut nickte schwach.

„Ich bin Beamter und muss zum Wohle eines jeden handeln. Egal ob gut oder böse. Das sagt unser Gesetz. Und das habe ich vor langer Zeit einmal geschworen, als ich diesen Beruf ergriffen habe. Bei Ihrem Beruf gibt es solch einen Kodex doch auch!", sagte Schunk und blickte weiter nach vorne.

Nicht geschah. Es war ruhig. Zu ruhig. Hut atmete ruhig, fast lautlos. Noch immer waren seine Augen geschlossen. Schunk saß regungslos da und wartete. Auch seine Kollegen in unmittelbarer Nähe regten sich noch immer nicht und verharrten weiter. Es war eine gespenstige Ruhe.

Andreas Hut hob langsam seine Waffe. Schunk nahm es aus dem Augenwinkel wahr und regte sich aber nicht. Er wusste, dass von ihm keine Gefahr mehr ausging. Er hatte soviel Blut verloren, das es eigentlich nur noch eine Frage von Minuten war bis er das Bewusstsein für immer verlieren würde. Die Blutlache wurde von Minute zu Minute größer und er öffnete nur noch sehr selten seine Augen. Er war ein Wunder, das überhaupt noch etwas aus der Wunde lief.

Andreas Hut nahm all seine Kraft zusammen und umklammerte seine Waffe. Er hielt inne.

Sein Kopf ging langsam zur Seite und er öffnete für einen Augenblick seine Augen.

„Danke! Das werde ich Ihnen niemals vergessen!"

Martin blickte ihn kurz an, legte für einen Bruchteil einer Sekunde seine Hand auf die von Hut und erhob sich dann ganz langsam. Ohne einen weiteren Blick zu Hut kletterte er über die kleine Mauer und entfernte sich langsam.

Sekunden später durchbrach ein lauter Knall die Stille. Ohne eine Regung entfernte sich Schunk vom Tatort und ging langsam weiter auf das Gebäude zu. Seine Kollegen liefen aufgeregt und mit vorgehaltener Waffe an ihm vorbei auf die kleine Mauer zu.

Hut hatte sich selbst gerichtet. Mit letzter Kraft hatte er sich mit einem Schuss in den Kopf das Gefängnis erspart. Er war sofort tot. Das Geschoß durchschlug seine Schädeldecke, nachdem er sich die Waffe in den Mund gehalten hatte und abdrückte. Teile seines Kopfes, sowie des Gehirnes hatten sich an der kleinen Mauer verteilt. Er lag zusammengesackt in seiner Blutlache. Seine Augen waren geschlossen und er machte trotz dieses Umstandes einen gelösten und entspannten Eindruck. Ganz so wie er es sich gewünscht hatte.

Martin Schunk ging ohne einen weiteren Blick oder eines Wortes in das Gebäude und verschwand lautlos in seinem Büro.

37

Goldener Schuss in Salo

Von alldem was in Deutschland geschah war noch nichts an die Weltöffentlichkeit gedrungen. Vielleicht würde darüber eh niemand irgendwo auf der Welt berichten. Die Welt interessierte sich meist recht wenig über Dinge, die in Deutschland passierten und nichts Besonderes waren. Eine Schießerei mit Todesfolge stand in manchen Ländern meist an der Tagesordnung.

Auch in Italien hatte man daher bislang nichts von den Geschehnissen aus Stuttgart gehört. Und das, obwohl Mord und Todschlag nicht auf der deutschen Tagesordnung standen.

Und doch waren beide Länder in dieser Sache so eng miteinander verbunden.

Friedhelm war nur noch wenige Meter von der Kreuzung entfernt. Die Ampel war noch grün. Er machte keine Anstalten seinen Wagen abzubremsen. Stattdessen beschleunigte er unmerklich und rollte weiterhin auf die Kreuzung zu. Vor ihm war kein Auto, so dass er, wenn überhaupt, mit einem seitlichen Aufprall rechnete. Sie sprang auf Rot. Der Wagen rollte noch immer unaufhaltsam auf die Kreuzung zu, ohne die Geschwindigkeit zu drosseln.

Ein lautes Hupen von beiden Seiten, ein dumpfer, blechender Knall. Dann ging alles ganz schnell. Noch bevor irgendjemand reagieren konnte war das Polizeimotorrad an der Unfallstelle. Der Italiener des anderen Autos war bereits auf 180 und schimpfte lauthals auf alles und jeden. Ganz wie man es kannte.

Das italienische Temperament schoss wie ein Vulkan aus ihm heraus.

Dimitri saß völlig erstarrt im Fond und realisierte ganz langsam was gerade geschehen war. Viel zu schnell waren die letzten Sekunden an ihm vorbeigerauscht. So schnell, dass er genau die Sekunde zu langsam war, um noch zu reagieren. Die Sekunden die der Polizist auf seinem Motorrad benötigte, um die Unfallstelle zu erreichen und Dimitri daran zu hindern zu flüchten oder vielleicht in einer Kurzschlussreaktion Menschenleben zu gefährden.

Er war ausgeliefert. Es gab jetzt nur noch eine Möglichkeit. Leben oder Tod! Flucht oder Gefängnis!

Er umklammerte mit seiner rechten Hand den Griff seiner Pistole, bereit jeden Moment Gebrauch davon zu machen. Seine andere Hand war bereits am Türgriff.

Draußen herrschte noch immer eine äußerst hitzige Stimmung. Friedhelm und Gudrun gestikulierten wild mit dem Italiener des anderen Fahrzeugs. Der Polizist hatte im ersten Moment alle Mühe diesem aufgeregten Treiben zu folgen. Immer wieder blickte er zum

Fahrzeug von Friedhelm und beobachtete den Innenraum, soweit es ihm möglich war.

„Mamma Mia! Mamma Mia!"

„Jetzt bleiben Sie doch ruhig. Es wird sich alles klären. Wir werden uns sicherlich einig werden wegen des Schadens."

Der Polizist hörte nur noch mit einem Ohr dem Streitgespräch zu. Er war momentan vielmehr an dem Inneren des Fahrzeuges interessiert. Da schien sich etwas zu bewegen. Er näherte sich langsam. Die eine Hand ging dabei zu seiner Waffe, die in einem Halfter saß. Sie war bereits fertiggeladen und entsichert. Das war nicht die vorschriftsmäßige Handhabe im Dienst, aber er hatte nach Beginn der Fahrt und Aufnahme der Verfolgung des Fahrzeuges alles vorbereitet.

Nun näherte er sich langsam und mit Bedacht dem Fahrzeug. Im Hintergrund war noch immer das hitzige Streitgespräch zu hören.

Dimitri ergriff langsam den Türgriff. Kurz bevor der Druckpunkt überschritten war vibrierte sein Handy. Ein kurzer Blick auf das Display ließ seinen Atem augenblicklich stocken. Es leuchteten nur drei Wörter auf.

„Hut ist Tod!"

Wut stieg in ihm auf. Er spürte seinen Pulsschlag an mehreren Stellen seines Körpers. Das gesamte Adrenalin schoss durch seinen Körper. Noch fester umklammerte er den Griff seiner Waffe. Mit der anderen Hand stieß er nun die Türe auf.

Dimitri stieg aus und eröffnete ohne Vorwarnung das Feuer. Er schoss wahr los umher. Panik brach aus. Die abgefeuerten Patronen schlugen in Autos und Häuserwände ein. Ein älteres Ehepaar sackte zusammen. Blut spritzte! Die umherstehenden Passanten und Gaffer, die den Unfall teils mit einem Schmunzeln verfolgt hatten, liefen nun panisch umher. Viele von ihnen stolperten und fielen auf den heißen Asphalt.

Friedhelm, Gudrun und der aufgebrachte Italiener duckten sich und beendeten erst einmal die Diskussion wegen des Unfalls.

Der Polizist hatte seine Waffe aus dem Halfter gezogen und feuerte ebenfalls in Richtung von Dimitri. Er traf das Fahrzeug von Friedhelm.

Dimitri hingegen schwenkte um und zielte nun auf den Polizisten.

Er traf ihn mit mehreren Schüssen im Bein und der Schulter. Schmerzverzehrt und brüllend sackte er zusammen und ließ seine Waffe fallen. Wehrlos lag er nun auf dem Asphalt. Unter lautem schmerzverzehrtem Stöhnen versuchte er seine Waffe zu erreichen. Dimitri kam langsam näher. Er hatte mittlerweile sein letztes volles Magazin in seiner Waffe.

Der Italiener, der vor wenigen Sekunden noch wild gestikulierend mit Friedhelm und Gudrun den Schaden des Unfalls diskutierte sprang auf und war mit wenigen Schritten bei dem Polizisten.

Er hob die Waffe auf, zielte und schoss. Stille!

Dimitri sank mit weit aufgerissenen Augen zusammen. Blut lief aus seiner linken Brust. Noch bevor er auf dem Asphalt aufschlug, hatte sein Herz aufgehört zu schlagen. Er war auf der Stelle tot.

Wenig später standen mehrere Polizeiwagen, sowie Sanitäter und Leichenwagen auf der Kreuzung. Die herbeigeeilten Polizisten entfernten die Gaffer und Schaulustigen. Die Sanitäter hatten alle Hände voll zu tun. Neben dem verletzten Polizisten gab es jede Menge Passanten die leichte bis mittelschwere Blessuren davongetragen hatten. Von leichten Schürfwunden, bis Knochenbrüche war alles dabei. Auch der ansässige Pfarrer war vor Ort und versuchte psychologische Hilfe zu leisten.

Die Leichenwagen waren gerade dabei das ältere Ehepaar einzuladen, was den Zwischenfall leider nicht überlebte. Wie sich später herausstellen sollte waren sie Touristen aus dem angrenzenden Kroatien und wollten eigentlich noch am gleichen Tag in Richtung Heimat aufbrechen.

38

Ende gut, alles gut!

8 Tage später…

Gudrun und Friedhelm Muckel bogen gerade auf die Autostrada bei Rovereto Nord. Sie hatten noch einmal bei Marzadro gehalten und Grappa für die Abende zu Hause gekauft. In wenigen Stunden würden sie wieder in ihrem kleinen Haus in Bell im Hunsrück sein.
Vergessen aber werden sie diesen Urlaub wohl nie.

Martin Schunk wurde an diesem Morgen von Ministerpräsident Wolfgang Kranzmann mit dem Verdienstorden der Baden-Württembergischen Staatskanzlei ausgezeichnet. Maria Zeflevkova wohnte der Auszeichnung bei.

Luigi Schifferles Restaurant „Zum Schwäbischen Italiener" feierte heute Eröffnung. Es war voll bis unters Dach und vor der Tür warteten weitere unzählige Hungrige auf einen der begehrten Plätze.
In einer Ecke im hinteren Teil des Restaurants saßen Stefano Botatzi und Tomaso Di Gallo. Beide waren an diesem Tag Ehrengäste von Luigi.

ENDE… oder vielleicht doch nicht?

Danke

Wenn Sie hier angekommen sind, haben Sie entweder das Buch zu Ende gelesen, was mich natürlich ganz besonders freuen würde, oder Sie haben mal schnell zur letzten Seite geblättert. Egal was und wie, aber ich sage DANKE.

Besonders danken möchte ich gerne:

Meiner ehrenamtlichen Lektorin, die mich hier tatkräftig unterstützt hat, das Buch nach so langer Zeit zu verwirklichen. Einen ganz besonderen Dank auch an Paolo Bertame, der den Titel des Buches beisteuerte.

Ohne Sie alle wäre es sehr schwierig geworden die vielen kleinen und gemeinen Fehlerteufel zu finden, zu eliminieren und den passenden Titel zu finden.

Alle im Buch genannten Personen sind natürlich frei erfunden. Die Orte jedoch nicht. Sie spiegeln die Sehnsucht und Liebe wider die mich erfüllten, als ich dieses Buch schrieb.

Sollte sich doch jemand wiedererkennen war es vielleicht so gewollt oder einfach nur Zufall.

Ich hoffe es hat ihnen gefallen und ich konnte Sie ein wenig entführen in eine andere Welt, an einen für mich schönsten Ort der Welt, den Gardasee.